Kathryn Lasky
Jenseits der Wasserscheide

D1470863

Die Autorin:

Kathryn Lasky wuchs in Indianapolis auf. Sie besuchte die Universität von Michigan in Ann Arbor und promovierte am Wheelock College in Boston, Massachusetts, über frühkindliche Erziehung. Kathryn Lasky lebt mit ihrem Mann, dem Photographen und Filmemacher Christopher G. Knight, und zwei Kindern in Cambridge, Massachusetts.

Kathryn Lasky

Jenseits
der Wasserscheide

Aus dem Amerikanischen von Irmela Brender

Deutscher
Taschenbuch
Verlag

Titel der amerikanischen Originalausgabe: ›Beyond the Divide‹, erschienen 1983 bei Macmillan Publishing Company, New York

Ungekürzte Ausgabe
Februar 1991
Deutscher Taschenbuch Verlag GmbH & Co. KG, München
© der amerikanischen Originalausgabe: 1983 Kathryn Lasky
© der deutschsprachigen Ausgabe:
1986 Verlag Friedrich Oetinger, Hamburg
ISBN 3-7891-1753-6
Umschlaggestaltung: Celestino Piatti
Umschlagbild: Anja Verbeek
Gesetzt aus der Aldus 10/11˙
Gesamtherstellung: Ebner Ulm
Printed in Germany · ISBN 3-423-70220-6

In memory of Susan Hurwitz Sorkin
(1946–1981)

Inhalt

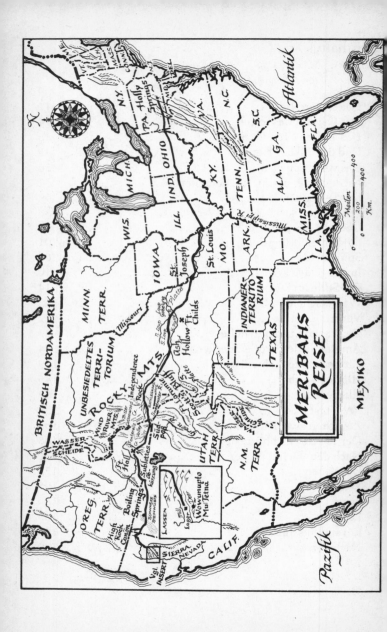

Prolog

Das tote Reh lag zwischen ihnen. Meribah stand am Kopf. Ihr gegenüber, neben den Hinterläufen, hatten sich zwei riesige Geier im Schnee niedergelassen und starrten sie aus Augen an, die wie harte schwarze Nadelspitzen waren. Sie starrte zurück.

Vor einer halben Stunde hatte sie bemerkt, daß die Vögel in der Luft kreisten; ihre gezackten Flügel zeichneten sich schwarz vom trüben Winterhimmel ab. Wenn es ihr gelang, sie von der Beute zu verscheuchen, die unter ihnen auf der Erde lag, dann könnte sie sich eine Mahlzeit verschaffen. Die Leere in ihrem Magen war zur Gier geworden. Sie lief, abwechselnd rennend und humpelnd, auf die Vögel zu. Als sie in den Bäumen verschwanden, merkte sie sich die Stelle. Das Atmen in der kalten Luft tat weh, doch sie stapfte weiter über das tiefverschneite Feld, überquerte einen Bach und kletterte schließlich einen kurzen Hang hinauf, aus dem Granitsteine ragten. Oben stieß sie auf die beiden Vögel. Sie saßen neben dem Reh wie Hohepriester, die ein vertrautes Ritual leiten.

Als sie im Halbdunkel des verschneiten Waldes auf sie losgehen wollte, wurde sie für den Bruchteil einer Sekunde abgelenkt, wie durch ein Echo aus der Vergangenheit. Doch dann stürzte sich Meribah auf die Vögel mit einem schrillen Schrei, so wild, wie man ihn in diesen Bergen kaum je gehört hatte. Mit ihrem Gewehr schlug sie nach den Geiern und stieß immer wieder heisere Schreie aus. Die Vögel kreischten und breiteten drohend das Gefieder aus, doch sie wichen nicht. Außer sich vor Zorn rief Meribah: »Das gehört mir!« und schlug mit dem Gewehrkolben heftig auf einen gespreizten Flügel. Schwarze Federn wirbelten hoch. Der Vogel saß wie betäubt, der verletzte Flügel hing kraftlos herunter. Der andere Geier war weggeflogen. »Flieg! Flieg!« zischte sie. Mühsam erhob sich der Vogel, ein Flügel streifte den Schnee. Ein paar Meter weit glitt er dicht über den Boden, während Meribah betete, fluchte und ihm ihren Willen aufzuzwingen versuchte: Flieg!

Der Geier stieg auf und flog über den Kamm, hinter dem der andere schon verschwunden war. Meribah schaute ihnen nach. Selbst mit einem gebrochenen Flügel, dachte sie, kann es dieser Vogel bis zu den Goldgräberlagern im Tal schaffen, wo er Nahrung findet, Leben. Warum sind sie überhaupt hierhergekommen? Sie schob den Gedanken weg, weil sie die Antwort nur zu gut wußte. Dann zog sie ihr Messer heraus, beugte sich über das Reh und hoffte, daß die Wölfe und Geier noch etwas übriggelassen hatten für sie, Meribah Simon, vierzehn Jahre alt, allein und halbverhungert in der Sierra Nevada.

Das sichere Tal

Aus dem Zimmer hörte sie die Stimmen ihrer Eltern, leise und undeutlich, deshalb schlich sie auf Zehenspitzen weiter die Hintertreppe hinunter und duckte sich in eine schattige Ecke.

»Ich kann diese Farm nicht mehr bewirtschaften, Constance.«

Hatte sie richtig gehört? Meribah ging noch zwei Stufen hinunter und drückte sich eng an die Wand. Jetzt konnte sie die Eltern sehen, ohne selbst gesehen zu werden. Sie hatte gedacht, sie stünden einander gegenüber, doch ihre Mutter hatte ihm den Rücken zugewandt und starrte auf die leere weiße Wand.

»Nein, das könnt Ihr nicht«, sagte sie, »nicht, wenn Ihr auf Eurem Weg fortfahrt.«

Das konnte Meribah überhaupt nicht verstehen – »sein Weg«. Als ihr Vetter John Stoltzfus »seinen Weg«, den »gottlosen Weg« eingeschlagen hatte, war alles klar gewesen. Er hatte sich plötzlich modisch gekleidet und sogar mit Mädchen gesprochen, die nicht zu den Amischen gehörten. Aber als ihr Vater »seinen Weg« gegen die Kirchenältesten beschritten hatte, da war er nur zur Beerdigung eines Mannes gegangen, der sich nicht streng an die Regeln der Amischen gehalten hatte. Was konnte weniger modisch sein als eine Beerdigung? Weniger gottlos? Meribah betrachtete ihn aufmerksam, wie er da in dem kleinen Zimmer stand. Er trug einen breitrandigen Hut, eine schwarze Hose mit Hosenträgern und eine sackleinene Jacke ohne Revers. Er hatte sich überhaupt nicht verändert. Nur seine Hände, die leblos und unbeholfen aus den Ärmeln hingen, sahen anders aus. Meribah erinnerte sich an seine kräftigen, lebendigen Bewegungen beim Holzschnitzen, etwa als die Geburtstagspuppen entstanden waren.

Sie beugte sich vor, um mehr sehen zu können, und ihre Wange hinterließ einen feuchten Abdruck auf dem weißen Verputz. Das Zimmer kam ihr jetzt viel kleiner vor. Es war, als lasteten die Deckenbalken schwer auf dem Kopf ihres Vaters.

»Aber die Farm braucht uns alle«, sagte er. »Die Winterschäden sind groß, und wenn ich mich nicht darum kümmern darf . . .«

»Ihr wißt . . .« Die Stimme ihrer Mutter klang angespannt, aber beherrscht.

»Ich weiß! Ich weiß!« Eindringlich wiederholte er die Worte, als müßte er sich zurückhalten, mehr zu sagen. »Ich weiß. Aber, Constance, wir müssen!«

»Müssen was?« Endlich drehte sie sich zu ihm um. »Ich dürfte noch nicht einmal mit Euch reden.«

»Aber es ist Frühling. Die Egge ist kaputt. Die Pflanzzeit kommt. Noch ein Jahr wie das letzte können wir uns nicht leisten. Es bringt uns an den Rand des Ruins. Ich darf in diesem Haus nicht leben, nicht mit meiner Familie sprechen. Jetzt sagen mir die Bischöfe, Eure leiblichen Brüder sagen mir, daß ich die Farm nicht bewirtschaften darf, das Geld nicht leihen darf, das wir für Saatgut brauchen. Versteht Ihr, was das heißt? Ich kann noch nicht einmal für meine – unsere – Kinder sorgen!«

Meribah wich in den Schatten zurück, dicht an die Wand, und bemühte sich, nicht zu denken, denn was in ihrem Haus geschah, war nicht zu verstehen. Arbeit, Familie, Gott – in der Gemeinde der Amische waren die Beziehungen zwischen diesen dreien starr und durften nicht angezweifelt werden, die Bischöfe sorgten dafür, und die ganze Gruppe unterstützte sie. Für Irrtum gab es keinen

Raum. Wer irrte, wurde ausgeschlossen, er wurde dadurch bestraft, daß die Gesellschaft ihn mied, und die Familie des Sünders fing damit an. So sorgten die Amische für Gerechtigkeit, und sie garantierten damit Sicherheit, aber wenig Freiheit. Plötzlich hatte Meribah das Gefühl, als senkten sich die Deckenbalken auf sie herunter, als schöben sich die Wände zusammen, bis kaum mehr Raum zum Leben blieb und kein Platz zum Denken, zum Träumen. Es gab nur noch Schatten zum Lauschen und niedrige Zimmer für heiseres Geflüster.

Meribah hatte ihre Eltern noch nie so kurz vor einem Streit erlebt. Sie äußerten selten Unmut, jedenfalls nicht in Worten. Vor langer Zeit hatte ihr Vater einmal die Bischöfe kritisiert, zu denen zwei Brüder ihrer Mutter gehörten, und danach hatten die Eltern ein paar Tage lang nicht miteinander gesprochen, außer wenn es unbedingt nötig war. Es war unangenehm gewesen, aber danach ging das Leben weiter wie immer. Doch in den letzten drei Monaten, seit ihr Vater gemieden wurde, hatte sich alles verändert. Nichts war mehr, wie es sein sollte. Und jetzt wirkte sogar das Zimmer, in dem ihre Eltern standen, unnatürlich eng, obwohl es so kahl und so einfach eingerichtet war.

Zum ersten Mal kam Meribah der Gedanke, daß sie den Rest ihres Lebens in solchen Räumen verbringen würde. Und ob es sich nun um diese oder andere Wände handelte, die unsichtbaren Mauern, die unwandelbaren Maßstäbe, die gleichbleibenden Verhältnisse in der Gemeinde würde es immer geben. Sie garantierten den Amischen Ordnung, Gottgefälligkeit und Leben. So sah auch ihr, Meribahs, Leben aus – nicht von ihr selbst bestimmt, sondern von anderen. Sie war daran gewöhnt. Sie fand es nur plötzlich sehr sonderbar, merkwürdig. Ihre Familie, ihre Vorfahren waren seit Jahrhunderten Amische gewesen, hatten stets der konservativen Gruppe von Mennoniten angehört, die im Gegensatz zu ihrer Umwelt unwandelbar am Althergebrachten festhielt. Warum kam ihr diese Lebensart plötzlich sonderbar vor? Es war beunruhigend, so zu denken, und tief in ihr regte sich etwas – war es Furcht oder Empörung?

»Am Sonntag könntet Ihr bereuen.« Sie sah, wie ihr Vater bei diesen Worten ihrer Mutter unbehaglich von einem Fuß auf den anderen trat. »Ihr könntet, aber Ihr wollt nicht!« In ihrer Stimme lag eine neue Schärfe.

Meribah versuchte dem Gespräch so gut wie möglich zu folgen, aber es drehte sich im Kreis. Ihr Vater schien immer von der Farm zu reden und ihre Mutter immer von Gott.

»Ich habe daran gedacht, von hier wegzugehen, Constance.«

Im Dunkeln ballte Meribah die Hände und horchte noch aufmerksamer.

»Und«, fuhr ihr Vater fort, »ich – nun, ich weiß auch von einer Farm, die wir kaufen könnten, wir könnten alle . . .« Er zögerte. »Es ist Bird-in-Hand.«

»Also Willis, wirklich! Was glaubt Ihr, was meine Eltern und Brüder dazu sagen würden?«

»Ich weiß. Ich weiß. Es war nur eine Idee. Ich meine, das Land ist gut, und – und – wir könnten wieder eine richtige Familie sein. Die Leute dort sind auch Amische. Aber sie – sie . . .«

»Sie schließen keinen aus!« unterbrach sie ihn. »Sie meiden keinen, weil sie so weltlich geworden sind, daß es gar keine Gemeinde mehr gäbe, wenn sie die Sünder ausschließen würden. Willis, wir müssen dieses Gespräch beenden. Wenn meine Eltern und Brüder uns jetzt sähen! Ihr wißt genau, was Ihr zu tun habt.«

Eine lange Pause entstand. Meribah wartete und betrachtete prüfend ihre Mutter. Ihr Haar lichtete sich. An den Schläfen und über der Stirn, wo die Haube es nicht bedeckte, war es dünn geworden, weil es immer so straff zurückgebunden wurde. Ihre Mutter sah jetzt überhaupt angespannt und verbissen aus. Sie hatte nie viel gelächelt, aber früher war ihr Gesicht weicher gewesen, der Mund hatte sich zu einer sanfteren Linie geschlossen, und die Stirn war klar und ohne die tiefen senkrechten Falten, die

sich jetzt über ihrer Nase und zwischen den Brauen eingegraben hatten. Sie hatte eine »Stoltzfus-Stirn«, genau wie
Meribahs Großvater und ihre Onkel. Nie hätte sie gedacht,
daß diese Merkmale das Gesicht ihrer Mutter so prägen
könnten. So wollte sie nicht aussehen. Nie! Sie preßte die
Faust fest an die Stirn.

Plötzlich fiel ihr der Zettel in der Tasche ein, den Vater
ihr am Morgen zugesteckt hatte. Die ersten Worte, die er
seit drei Monaten an sie richtete. In dieser Zeit hatten alle
seine Kinder die Regeln des Ausschlusses befolgt und ein
merkwürdiges Geschick darin entwickelt, ihm aus dem
Weg zu gehen; das heißt, alle außer Meribah. Sie ging
auch dann an der Scheune vorbei, wo ihr Vater aß und
schlief, wenn sie ganz woanders Pflichten zu erledigen
hatte. In letzter Zeit war sie mutiger geworden; wenn sie
ihren Vater allein antraf, war sie zu ihm hingelaufen und
hatte seine Hand berührt und fast unhörbar geflüstert:
»Oh, Pa!«, oder einfach »Hallo!« Sie hatte auch davon geträumt, mit ihrem Vater zusammenzusein. Sie träumte von
der Schneeschmelze im März, wenn es an der Zeit war,
Ahornsaft zu zapfen; dann ging sie mit ihrem Vater durch
das nasse Ahornwäldchen, sie blieben an einem Baum stehen und leerten den Saftbehälter in ihren Eimer, und ihr
Atem vermischte sich, wenn sie ein paar Worte wechselten.
Sie träumte davon, mit ihm zusammen ein Buch zu halten
und zu lesen. Sie träumte, wie sie neben ihm saß und ihm
zuschaute, wenn er Puppen schnitzte. In ihren Träumen
war alles wieder wie früher, und dann wachte sie auf, und
nichts stimmte mehr.

In der letzten Woche hatte Meribah sich verzweifelt Sorgen um ihren Vater gemacht, denn es sah so aus, als arbeitete er fast gar nicht mehr. Sie überraschte ihn mit einem
Werkzeug in der reglosen Hand, seine Augen starrten ins
Nichts. Eines Nachts hatte sie einen wirklich grausigen
Traum gehabt: Sie sah ihren Vater fallen, und er fiel immer
tiefer in einen grauen, leeren Raum. Als sie erschrocken
aufwachte, kam sie sich ganz allein vor, als ob niemand au-

ßer ihr erkannt hätte, wie entsetzlich das Leben für ihren ausgeschlossenen Vater war.

Am Tag nach dem Traum hatte Meribah angefangen, ihm Zettel zu schreiben. Wenn sie ihren täglichen Pflichten nachging und niemand in Sicht war, rannte sie zu ihm und schob ihm ein zerknittertes Stück Papier in die Hand. Es standen törichte kleine Mitteilungen darauf, aber es fiel ihr nichts Besseres ein. Einmal schrieb sie: *Seit Dezember bin ich zwei Zentimeter gewachsen.* Ein andermal: *Taylor hat einen neuen Zahn,* und dazu zeichnete sie Taylor, ganz mit Brei verschmiert. Um Taylor ging es auf mehreren Zetteln, denn er war Meribahs und Vaters besonderer Liebling. Gestern hatte sie geschrieben: *Die Maus in der Speisekammer ist weg – es wird Frühling.* Heute morgen, als sie ihm wieder einen Zettel zustecken wollte, hatte er ihre Hand gepackt und ein Stück Papier hineingedrückt. Darauf stand:

> *Manche Mäuse zieht es im Frühling hinaus,*
> *Auch wenn sie traurig sind wegen der Kinder im Haus.*

Es hatte wie ein harmloser Reim geklungen – bis zu diesem Augenblick auf der Hintertreppe.

»Nun«, sagte Will, »habt Ihr mir nichts mehr zu sagen?«

Meribah biß sich auf die Unterlippe und wandte den Blick nicht vom dünnen Haar ihrer Mutter.

»Nichts.« Das Wort klang, als würde Geschirr zerschlagen. Meribah wußte, daß jetzt von dem, was einst gewesen war, nur noch Scherben übrigblieben.

Sie hörte nicht mehr, was ihr Vater sagte, denn das Knarren der Bodenbretter übertönte seine Stimme, als er sich zum Gehen wandte. Doch das Gespräch – das erste in drei Monaten – war zu Ende, und nichts, aber auch gar nichts hatte sich gebessert. Jetzt wußte sie, daß ihr Vater die Farm verlassen würde.

»Ihr macht Euch noch krank mit Eurem Grübeln!«

Meribah schreckte von der Truhe hoch und stieß mit dem Kopf an die schräge Wand des Dachzimmers.

»Oh, Jeanette, ich habe nicht gewußt, daß Ihr da seid«, sagte sie zu dem hübschen Mädchen, das in der Türöffnung stand.

»Ihr habt auch nicht gewußt, daß die Wand da ist.« Ihre ältere Schwester lachte. »Meribah, Ihr seid diesen Winter gewachsen, und . . .«

»Zwei Zentimeter seit Dezember.«

»Jedenfalls seid Ihr zu groß geworden für die Schräge. Ich glaube, Ihr stoßt Euch jedesmal den Kopf.«

»Ja, das stimmt.« Meribah lachte verlegen. »Vielleicht ist das Zimmer zu klein. Ich bin herausgewachsen.«

»Was macht Ihr überhaupt?«

»Nichts.«

»Und was ist das für ein Ding in Eurer Hand?«

Meribah betrachtete die roh geschnitzte Figur, die sie in der Hand hielt; sie war aus dem Holz eher gehackt als geschnitzt.

»Mit Ding habt Ihr ganz recht.«

»Und was ist es?«

»Malcolms Versuch, so wie Pa eine Geburtstagspuppe für Liesel zu schnitzen.« Meribah runzelte die Stirn über die plumpe Holzfigur, die kaum abgeschliffen war. »Ich soll ihr ein Gesicht malen. Aber ich kann es nicht. Ich kann es einfach nicht. Schaut Euch zum Vergleich nur Indianer-Betsy an.«

Meribah hielt eine fein geschnitzte Puppe hoch, die Vater ihr zum siebten Geburtstag gemacht hatte. »Oder die Vornehme Dame.«

Meribah sah von der Vornehmen Dame, die so elegant gearbeitet war, auf das Ding in ihrer anderen Hand. »Jeanette, wie kann ich auf diesen Pfusch ein Gesicht malen? Ich bekomme Splitter in die Hand, wenn ich es nur anfasse.«

»Meribah!« Jeanette seufzte. Meribah schaute ihr in die

heiteren blauen Augen, die Augen einer Optimistin. Sie spiegelten nichts und funkelten nie. Statt dessen filterten sie alles, was sie sahen, durch diese nie getrübte, undurchdringliche Bläue. »Liebes altes Ding«, sagte Jeanette.

»Ich komme mir vor wie hundertacht.« Meribah ließ sich auf die Truhe fallen.

»Ihr macht Euch wirklich krank wegen Mutter und Pa.«

»Aber Jeanette, denkt Ihr nie an Pa und wie ihm zumute sein muß? Immer allein dort draußen und nie – Ihr wißt schon, was ich meine.«

Verblüfft beugte sich Jeanette zu ihrer Schwester und sagte: »Ich kann an nichts denken, was ich mir nicht vorstellen kann. Ich bin ich. Ich bin sechzehn. Ich bin kein fünfzigjähriger Mann. Außerdem kommt alles schon in Ordnung. Ihr wißt doch, es ist immer so.«

Meribah konnte es kaum glauben. »Jeanette, er ist Euer Vater, und Ihr seid seine Tochter. Könnt Ihr Euch wirklich nicht vorstellen . . .«

»Nein«, sagte Jeanette entschieden.

»Also ich denke immer an ihn – dort draußen so allein.«

»Ihr müßt damit aufhören.«

»Wie um alles in der Welt soll man aufhören, über etwas nachzudenken?«

»Man tut es. Man tut es einfach.«

»Das ist unmöglich. Wenn ich Euch sage, Ihr sollt nicht an eine Wolke denken – könnt Ihr dann aufhören, an eine Wolke zu denken?«

»Natürlich«, sagte Jeanette ruhig.

»Wie?« wollte Meribah wissen.

»Ich denke einfach an Paul Stoggsmeyer.« Sie kicherte, und Meribah seufzte. Dann wurde Jeanette plötzlich ernst. »Hoffentlich fängt er nicht an, von Kalifornien und diesem Goldrausch zu träumen.« Sie zog einen Schmollmund, doch ihre Augen blieben klar und blau.

»Wie kommt Ihr bloß darauf? Ein Amischer würde nie nach Kalifornien gehen – auf keinen Fall!« Meribah mußte fast lachen.

»Aber alle reden davon und vom Gold. Nur – warum sollte jemand dieses sichere Tal verlassen wollen und dem Gold nachjagen?«

»Vielleicht geht es nicht ums Gold. Vielleicht geht es um etwas anderes.«

»Etwas anderes? Was meint Ihr damit, Meribah?«

Plötzlich war Meribah aufgeregt und verwirrt, auch ein wenig ängstlich, als verlöre sie den Überblick über die gewohnten Grenzen und Beschränkungen. »Ich weiß nicht«, sagte sie und wechselte schnell das Thema. »Woran denkt Ihr sonst noch, Jeanette?«

»Also, hmm – ich denke – ich denke . . . Ach, ich weiß nicht, an Hunderterlei. Woran denkt Ihr – außer an Pa?«

»Gerade jetzt denke ich, es ist einfach schön, daß ich mit Euch zusammen bin und ohne weiteres von ihm reden kann.«

»Und sonst?« fragte Jeanette streng, als müßte sie Meribah auf den richtigen Pfad zurückbringen.

»Oh, wie es wäre, ein buntes Kleid zu tragen.«

»Ach, ich auch! Ich auch!« rief Jeanette. »Ich glaube, Grün würde mir wirklich gut stehen – ein ganz blasses Grün mit gelbem Besatz.«

»Und übers Weggehen.«

»Weggehen? Von wo weggehen?« fragte Jeanette.

»Von zu Hause.« Sowie sie es ausgesprochen hatte, wußte Meribah, daß sie es tun würde. War es nicht merkwürdig, daß sie bis zu diesem Augenblick nie wirklich daran gedacht hatte?

»Wovon redet Ihr da um alles in der Welt, Meribah?« Jeanette schaute sie erschrocken an.

Meribah lief zur Tür und machte sie zu. Dann legte sie ihrer Schwester fest die Hände auf die Schultern. Die beiden blonden Köpfe waren nur ein paar Zentimeter auseinander.

»Jeanette, hört mir zu. Pa geht weg, ich weiß es. Er hat es mir auf seine Art gesagt.« Meribah dachte an den Zettel mit dem Reim. »Und ich muß mit ihm gehn.«

Jeanette stand da wie betäubt, und einen Moment lang glaubte Meribah, sie habe zu atmen aufgehört. »Will er nach Kalifornien und Gold suchen?« flüsterte sie.

»Ich weiß nicht, wohin er will, Jeanette, aber es geht ihm nicht um Gold.«

»Um das andere?« Sie flüsterte immer noch.

»Ja, und heute abend ist mir klargeworden, daß ich mitgehen muß. Niemand kann mich zurückhalten.« Es überraschte sie, wie fest ihre Stimme klang. »Und Ihr müßt schwören, niemandem etwas zu verraten. Tut Ihr das?«

Jeanette machte sich los und rieb sich die Schulter.

»Schwört es, Jeanette. Schwört es.«

»Ich schwöre es . . . aber Meribah, ich verstehe Euch nicht.«

»Ihr braucht es auch nicht zu versuchen. So, so muß es sein.«

»Aber Meribah, was wird mit Euch geschehen?«

»Es ist schon etwas geschehen.«

»Was meint Ihr?«

»Ach, laßt.«

»Meribah, dort ist nichts sicher. Es ist fremd. Die Leute sind anders als wir. Ich meine . . .« Die blauen Augen füllten sich mit Tränen.

»Jeanette«, sagte Meribah ruhig. »Ihr seid hier sicher, aber Pa und ich nicht.« Sie dachte an die Balken, die niedrigen Räume. »Ich gehe, und Ihr habt geschworen, nichts zu verraten. Ich muß gehen. Versteht Ihr das? Ich muß einfach!«

Jeanette nickte. Sie schaute zu Boden. Meribah wußte, sie würde nicht widersprechen.

»Meribah?«

»Ja?«

»Ist es für immer?«

Für immer? Meribah hatte die Schultern gezuckt. Jetzt, im Bett neben Jeanette, ging ihr der Satz nicht aus dem Sinn. Für immer? Sie wußte, was sie zu tun hatte, aber was bedeutete das? Nie mehr die anderen zu sehen, für immer die Tochter zu sein, die sich für den Vater, gegen die Familie entschieden hatte? Nie mehr zu hören, wie Taylor nach ihr rief, ihn nicht aufwachsen zu sehen? Sie machte die Augen fest zu und vergrub ihr Gesicht im Kissen. Wäre sie für immer von allem abgeschnitten, was sie seit ihrer Geburt kannte, vom Selbstverständlichsten? Aber nichts war mehr selbstverständlich. Ob sie blieb oder ging, alles war seltsam und unnatürlich.

Jeanette schlief inzwischen fest, doch noch immer umklammerte sie Meribahs Hand. Meribah machte sich vorsichtig frei und schlüpfte leise aus dem Bett. Die Strümpfe hatte sie anbehalten, und ihr Kleid hing über dem Stuhl. In einer halben Minute hatte sie es über ihr Nachthemd gestreift, die Haube aufgesetzt, feste Schuhe angezogen und einen dicken Schal umgelegt, doch als sie dann in der schmucklosen Kammer stand, war ihr plötzlich merkwürdig zumute. Sollte sie wirklich so für immer gehen? Sie brauchte noch etwas. Aber was? Sie hielt nichts in den Händen als die Enden ihres Schals. Schied man so von zu Hause?

Meribah schaute sich um. Dann fiel ihr die Truhe unter der Schräge ein, wo sie ihre Malsachen aufbewahrte. Die würde sie mitnehmen. Behutsam hob sie den Deckel. Papier und Malkasten lagen obenauf, doch als sie danach griff, berührte ihre Hand den Kopf einer der geschnitzten Puppen. Die Puppen? Meribah tastete über jedes hölzerne Gesicht. Dann legte sie die sieben Puppen vorsichtig in ihren Schal, klemmte sich den Malkasten unter den Arm und ging auf Zehenspitzen hinaus.

Wie erwartet stand Liesels Zimmertür offen. Die jüngere Schwester hatte einen gesunden Schlaf, es bestand kaum Gefahr, sie zu wecken. Meribah ging ans Fußende von Liesels Bett und ließ die Zipfel des Schals los. Die Puppen rollten auf die Bettdecke. Sie setzte alle sieben nebeneinander. Ihre Augen hatten sich an die Dunkelheit gewöhnt, und sie konnte sie jetzt deutlich sehen: Chinamädchen, Vornehme Dame, Indianer-Betsy, Amischmädchen,

Holländermädchen, Mondfee und die Königin von England. Jedes Gesicht wirkte unglaublich lebendig und jedes hatte seinen eigenen Charakter, obwohl alle außer Indianer-Betsy fast die gleichen einfachen Kleider und Hauben trugen. Indianer-Betsy hatte ein Lederkleid, denn Mutter fand es unschicklich, eine Wilde zu kleiden wie einen Christenmenschen. Auch die Königin von England war in Grau, aber ihr hatte sie eine Krone zugestanden.

Doch als von der Wiege her kleine Schnarchlaute zu hören waren, hatte Meribah keinen Blick mehr für die Puppen. Sie konnte nicht weggehen, ohne daß sie noch einmal Taylor sah. Lautlos beugte sie sich über die Wiege. In der warmen Schlafkammerluft hatte sich sein seidiges Haar zu feuchten Locken geringelt, die pummelige Faust drückte er an den Mund. Meribah berührte ihn nicht, weil sie fürchtete, sich dann nicht mehr von ihm trennen zu können.

Im nächsten Moment war sie draußen und aus dem Haus. Sie blieb im nassen Gras stehen und spürte, wie eine schwere Last von ihr wich. Dann schaute sie zurück. Jetzt war alles anders. Sie konnte sich alle vorstellen – ihre Mutter, die älteren Brüder, Jeanette, Liesel, das Baby. Aber sie waren durch eine unbestimmbare Kluft von ihr getrennt.

Von der Scheune her hörte Meribah Räder knirschen. »Pa!«

Sie lief hinüber. »Pa! Hier bin ich, hier! Ich gehe mit dir.«

Ihr Vater drehte sich um. »Oh, Meribah!« Er wollte sie zurückschicken.

»Pa, ich kann nicht anders. Ich liebe sie alle. Aber ich kann den Haß nicht mehr ertragen.«

Er streckte die Hand aus und half ihr auf den Sitz neben sich.

»Pa, wir fahren weiter als Bird-in-Hand, stimmt's?«

»Du hast recht.« Er lächelte.

»Und wohin fahren wir?«

»Nach Kalifornien«, antwortete er.

Sie schaute hinauf zum schwarzen Himmel, der mit Millionen Sternen gesprenkelt war. Dieselben Sterne sind über Kalifornien, dachte sie. Dann setzte sie sich etwas aufrechter und versuchte, mutig und erwachsen auszusehen, doch sie konnte an nichts anderes denken als an die blonden Köpfe in den Betten. Ihr Vater klatschte dem Pferd die Zügel auf den Rücken, und sie fuhren davon.

Das Ostufer des Stroms

»Pa, hört mal, was hier steht.«

Ihr Vater schaute auf, er befestigte gerade eine dichte Plane am Wagen.

Meribah auf dem hohen Wagensitz las vor: »Die Luft ist in diesem Klima so trocken, daß gewöhnliche Räder, die in den Oststaaten gute Dienste leisten, bis Fort Laramie auseinandergebrochen sind. Deshalb sollte niemand die Reise mit Rädern antreten, über die auch nur ein . . .'« – sie zögerte und las vorsichtig das ungewohnte Wort – »'Bruchteil von Zweifel besteht, sonst sind ihm Schwierigkeiten und Ärger sicher.' Habt Ihr einen Bruchteil von Zweifel, Pa?«

»Nein, ich habe keinen Bruchteil von Zweifel.«

»Falls doch, dann gibt es in St. Louis einen gewissen Murphy, der hier als vortrefflicher Wagner empfohlen wird.«

»Zu spät, es sei denn, Ihr wollt zurück nach St. Louis.«

»Auf keinen Fall!« Meribah schaute auf. So weit das Auge reichte, waren das Flußufer, die Hügel dahinter, das Tal dazwischen, die ganze Gegend mit den weißen Zelten und Planwagen der Aussiedler gesprenkelt. Der Wagen von Meribah und ihrem Vater gehörte zu den siebentausend oder mehr, die darauf warteten, den Fluß zu überqueren. Seit drei Tagen warteten sie mit ihrer Gruppe von neun weiteren Wagen, und die Aussicht bestand, daß sie es bis zum Nachmittag schafften. Es gab nur zwei Fährboote, auf denen die Wagen übersetzen konnten, und sie waren von halb fünf morgens bis Mitternacht in Betrieb.

Die Warterei war langweilig. Selbst die gewalttätigen Auseinandersetzungen der Leute über ihren Platz in der Schlange waren langweilig geworden. Erst gestern abend hatten sich zwei Männer kaum mehr als dreihundert Meter vor ihnen bei einem Streit umgebracht. Trotz ihres Entsetzens wußte Meribah, daß sie nicht so erschrocken war, wie sie vielleicht vor einem Monat gewesen wäre, und diese Erkenntnis erschreckte sie mehr als der Zwischenfall.

»St. Louis hat Euch nicht gefallen, wie?«

»Nein«, sagte Meribah entschieden. »Ich habe mich so fremd gefühlt.« In den Straßen dort hatten die Leute unverhohlen ihr graues Kleid und ihre Haube angestarrt. Vor dem großen Hotel in der Hauptstraße war ein kleiner Junge stehengeblieben, hatte mit dem Finger auf sie gedeutet und gefragt: »Was ist das, Mama?« Wie um zu bestätigen, daß Meribah keinem menschlichen Wesen glich, hatte die Mutter sie angestarrt und geduldig erklärt: »Das ist eine von diesen Komischen mit der seltsamen Religion und dem merkwürdigen Gerede.« Nein, da war es schon besser, hier in St. Jo in Tausenderreihen auf die Überfahrt zu warten. Da waren alle »komisch« und verhielten sich seltsam. Keinem fiel besonders auf, daß sie und ihr Pa »merkwürdig« redeten.

Meribah vertiefte sich wieder in ihre Lektüre, ein Beiheft zur Karte mit der Aussiedler-Route. Ihr Vater hatte sie schon vor Monaten für drei Dollar gekauft, doch Meribah bekam sie erst in St. Jo zu sehen. Immer wieder las sie das Beiheft. Es kam ihr viel brauchbarer vor als die Bibel, das einzige Buch, das sie sonst noch kannte. Der Autor wußte besonders über Brot Bescheid und kam immer wieder darauf zurück. Seine Ratschläge waren vortrefflich, vor allem, fand Meribah, wenn man sie mit den Stellen in der Bibel verglich, wo von Brot die Rede war.

Sie las noch einmal ein paar solcher Stellen. »Nehmen Sie ausreichend Zutaten für Brot mit. Das ist eine Lebensgrundlage, wenn alles andere knapp wird. Versorgen Sie sich mit Weizenmehl und Maismehl. Davon können Sie sich ernähren und bei guter Gesundheit bleiben.« Meribah schaute ins Wageninnere, wo ihre Säcke mit Weizen und Mais lagen.

»Gutes Brot«, fuhr der Autor an einer anderen Stelle fort, die Meribah schon mindestens fünfzigmal gelesen hatte, »ist das wichtigste und beste Nahrungsmittel auf der Reise. Es sollte nicht das geringste Fett enthalten – es sollte mit dem eigenen Sauerteig zubereitet und gut durchgeknetet sein. Man backt es rasch« – und das war selbst für eine erfahrene Brotbäckerin wie Meribah neu – »in dünnen Laiben oder wie Kuchenteig auf einem tragbaren Blech.« Meribah legte das Beiheft weg und betrachtete den Stapel von Broten, den sie am Morgen gebacken hatte.

»Pa, ich weiß nicht, ob wir genug Säcke für das Brot haben.«

»Wir können den Bettbezug nehmen.«

»Ist das so gut wie Tierhaut?«

»Genausogut.«

»Weil hier der Verfasser schreibt: ›Bewahren Sie Brot in Ziegenhaut oder in Tierblasen auf‹, und er schwört, wenn es ins Wasser fällt, ›so verdirbt es nicht, falls unverzüglich gerettet.‹ Das ist doch ein praktischer Ratschlag – praktisch ein Wunder: Man zieht Brot aus dem Wasser, und es ist noch trocken!«

»Ein praktisches Wunder!« Will lachte.

»All das Geschwätz über Brot in der Bibel, und dabei . . .« Meribah biß sich auf die Zunge.

»Wie oft habt Ihr denn in diesen Tagen in der Bibel gelesen – Geschwätz oder nicht?«

»Oh, Pa!« rief Meribah. »Ich wollte nicht Geschwätz sagen. Habe ich gelästert?«

Will strich ihr begütigend über die Hand. »Nein, Ihr habt nicht gelästert. Aber Ihr solltet den Unterschied zwischen praktischen Ratschlägen und Wundern kennen, und den kann man lernen, wenn man sowohl die Bibel wie das Beiheft liest.«

Meribah sah zu Boden. Seit sie Holly Springs verlassen hatten, las sie kaum mehr in der Bibel. »Wir sind doch noch Amische, Pa?« fragte sie plötzlich.

»Natürlich sind wir noch Amische!« Will war aufrichtig erschrocken. »Was glaubt Ihr denn?«

»Ich weiß nicht.«

»Daran besteht, wie es im Beiheft heißt, auch nicht der Bruchteil eines Zweifels.« Und Will ging wieder an seine Arbeit.

Bruchteil eines Zweifels, dachte Meribah. Sie glaubte an Gott, und sie glaubte an die Bibel. Warum beunruhigte es sie dann, wenn ihr Vater diese Worte benutzte? Vielleicht befand sich ein Mädchen, das im selben Satz von »Geschwätz« und »Bibel« reden konnte, in irgendeiner ungeheuren Gefahr. Meribah berührte ihre Haube. Sie sah aus wie eine Amische, das war sicher. Doch in den Läden hatten sie die Verkäufer mit »Sie« angesprochen, und obwohl es in ihren Ohren komisch klang, hatte sie es genossen, das fremde neue Wort auszusprechen. Es war so angenehm, wenn die Leute nicht überrascht die Augen aufrissen, sobald man sie mit »Ihr« anredete. Meribah seufzte. Vielleicht konnte sie einen Kompromiß finden. Sie würde zwischen »Ihr« und »Sie« abwechseln und abwechselnd die Bibel und das Beiheft lesen. Ja, das wollte sie tun.

Will Simon schaute wieder von seiner Arbeit auf. »Was denkt Ihr, Meribah? Euer Gesicht ist verschlossen wie ein zugenagelter Kasten.«

»Oh, nichts, Pa! Gar nichts!«

»Dann geht bitte und fragt die McSwats, ob sie ein drei achtel Zoll dickes, gewachstes Seil haben. Gebt ihnen diesen Ersatzspeichen für die Räder und sagt, sie passen sicher, vor allem, wenn sie vorher im Wasser gelegen haben.«

Meribah nahm die Speichen und suchte sich durchs Gedränge einen Weg zum Wagen der McSwats.

»Hallo, Miss Meribah!« Das war Mr. Wickham. Errötend winkte Meribah dem blassen jungen Engländer mit den schön gelockten Haaren und dem schwarzen Schnurrbart zu. Mr. Moxley, ihr Scout, der sie nach Westen führte, hatte ihn einen Dandy genannt, und obwohl sie das Wort nicht kannte, schien es zu passen. Er machte sich an den Herrenwagen zu schaffen – so nannten die anderen die beiden Wagen, die Mr. Wickham, seinem Freund Mr. James und dessen Onkel Dr. Forkert gehörten.

»Sind das Speichen, Meribah?« Dr. Forkert kam hinter einem Wagen hervor.

»Ja, mein Vater hat sie für die McSwats geschnitzt.«

»Gute Idee. Ich glaube, ich mache mir auch welche.«

Meribah erwiderte Dr. Forkerts Lächeln. Er gefiel ihr, dieser Mann, der so begeistert vom Westen redete; »eine schimmernde Vision«, »die Krönung unseres Kontinents« nannte er ihn. Er war doppelt so alt wie sein Neffe und Mr. Wickham, übertraf jedoch beide an Begeisterungsfähigkeit und Energie.

Ganz in der Nähe war der Wagen der Billings. Mr. Billings, auch er ein Herr, hatte sich auf dem Fahrersitz zurückgelehnt. »Unterwegs in die Stadt, Miss Simon, um der Langeweile des Wartens zu entgehen? Serena und Mrs. Billings konnten es keine Minute länger aushalten. Und bei Frauen hilft gegen Langeweile nichts besser als einkaufen. Stimmen Sie mir zu?«

Wie konnte jemand Mr. Billings nicht zustimmen? Er war so angenehm und liebenswürdig.

»Ja, sicher habt Ihr recht«, sagte sie schüchtern. »Ich muß weiter, etwas für meinen Pa erledigen.«

Sie lief an dem großen Wagen vorbei und hoffte, einen Blick hineinwerfen zu können, denn darin gab es so schöne und luxuriöse Dinge, wie Meribah sie noch nie gesehen hatte – üppige Daunendecken und Kissen mit Quasten, ein winziges silbernes Teeservice, elegante Ledertruhen und einen prächtigen Nähkorb aus Gobelin, der fast ein Meter hoch war. Die Billings hatten in Philadelphia in einer großartigen Villa gewohnt und, so kam es Meribah vor, ihren halben Hausrat mitgenommen.

Der nächste Wagen gehörte den Whitings. Er war leer, doch Simon-Whiting, die Kuh, die ihr Vater und die Whitings gemeinsam gekauft hatten, war hinten angebunden.

»Sie sind in der Stadt und kaufen Euterbalsam.« Eine riesige Frau kam hinter einem Nachbarwagen hervor, Mrs. McSwat mit ihrem Baby im Arm. Alle McSwats waren gewaltig.

»Das sind die reinsten Kümmerer. Ein Glück, daß sie keine Kinder haben – sie würden sie zu Tode cremen. Sie kaufen schon den zweiten Topf Euterbalsam in dieser Woche.«

Meribah wußte genau, was Mrs. McSwat meinte. Am besten lernte man die Leute kennen, wenn man mit ihnen zusammen eine Kuh besaß.

»Und was ist das?« Mrs. McSwat deutete auf die Speichen.

Meribah richtete ihren Auftrag aus, und Mrs. McSwat ging mit ihr hinter den Wagen und suchte das Seil. Mit dem dicksten Baby im Arm, das man sich nur denken konnte, griff sie mit der freien Hand in den Wagen und holte eine kleine Kiste heraus, die die meisten Männer nur mit zwei starken Armen hochgehoben hätten. »Wo ist bloß dieses Seil?« Sie kramte in der Kiste, warf einen Blick auf den schweren Planwagen ein paar Meter weiter weg und murmelte: »Die Barkers haben bestimmt genug davon.« Ein zweiter, kleinerer Wagen stand neben dem großen, und Mrs. Barker flitzte flink wie ein Kolibri von einem zum anderen und trug eine Menge Waren von hier nach dort – Stoffballen, Bündel mit Daunen, Geschirr und Töpfe, Nägel und Schrauben, Seifen, Kerzen, Decken, Hüte und Seile, gewachst und ungewachst, in jeder Dicke und Länge.

Das kam alles aus ihrem Laden in Franklin, Indiana, den Mrs. Barker als das »größte Handelszentrum mit allem Lebensnotwendigen in der Drei-Städte-Region« bezeichnete.

»Hier ist es!« rief Mrs. McSwat triumphierend und hielt ein zusammengerolltes Seil hoch. Mrs. Barker schaute auf.

»Hier ist noch mehr davon, falls Sie es brauchen. Sechs Cent ein Meter, zwei Cent billiger als in diesem Neppladen in St. Jo.«

»Nein danke, das reicht«, rief Meribah zurück. Mrs. Barker tauschte nicht. Einiges aus ihrem riesigen Vorrat an Gebrauchsgegenständen verkaufte sie, und oft machte sie den Grays kleine Geschenke. Mrs. Gray und Mrs. Barker waren beste Freundinnen geworden. Den Grays hatte eine Apotheke gehört, aber sie war bis auf den Keller abgebrannt – »Noch nicht einmal ein Pfefferminzblatt war mehr übrig!«

Meribah bedankte sich bei Mrs. McSwat und ging auf einem Umweg höher am Hang zurück. Selbst hier, eine halbe Meile vom Ufer entfernt, drängten Menschen und Tiere sich so dicht um Meribah, daß sie das Gefühl hatte, zermalmt zu werden von ihrem blinden Drang, über den Strom und weiter zu kommen. Auf den großen Treck zu den Goldfeldern und dem neuen Farmland zu kommen – von dieser einen Idee war jedes Lebewesen hier besessen, man konnte sie fast greifen. Einen Moment lang war es Meribah, als müßte sie ersticken. Voller Panik fürchtete sie, daß sie sich in diesem Labyrinth von Aussiedlern verirrt hatte. Aber gerade da spürte sie einen Griff unterm Arm und wurde hochgehoben.

»Hier wirst du noch zerquetscht, Meribah!«

Schon saß sie vor Mr. Moxley im Sattel. Als Scout hatte er die Aufgabe, mit seinem Pferd und einem beladenen Maultier vorauszureiten und der übrigen Gruppe zu melden, wo es gutes Wasser, Lagerplätze und Indianer gab.

»Verirrt und zerquetscht«, sagte Meribah. »Danke.« Sie schaute sich um, während Mr. Moxley sein Pferd durch die Menge lenkte. »Wie lange, glaubt Ihr, müssen wir noch warten?«

»Ich war heute morgen unten am Strom. Falls die zweite Fähre nicht ausfällt, schaffen wir es vielleicht am späten Nachmittag.«

»Ihr wart ganz unten am Ufer! Wie seid Ihr durchgekommen?«

»Glaub mir, Meribah, wer mal Granit aus den Weizenfeldern von New Hampshire weggeschafft hat, der kommt so leicht durch diese Menge wie der Löffel durch den Pudding.«

Meribah kicherte. Mr. Moxley hatte eine komische Art, sich auszudrücken. Er war etwa so alt wie ihr Vater, und die beiden Männer waren gute Freunde geworden in den paar Tagen, seit sie sich hier der Gruppe angeschlossen hatten. Mr. Moxley war nach seinen Erzählungen schon fast alles gewesen, Richter, Farmer und Lehrer. Zu allem hatte er eine Meinung, die von Will oft nicht geteilt wurde, aber das trübte ihr Vergnügen an der gegenseitigen Gesellschaft nicht.

»Na, da soll doch . . .!« Mr. Moxley wendete langsam sein Pferd, damit er eine bessere Sicht hatte. »Schau nur, wer sich da bis zum Ufer vorgedrängt hat. Wenn das nicht die guten Brüder Timm sind!« Seine Stimme klang spöttisch.

Meribah sah sie jetzt auch. Die mürrischen, hageren Männer hatten mit ihren Pferden und dem Packtier einen Weg durch die wartende Menge gefunden und einen sehr guten Platz in der Schlange erobert.

»Ich dachte, sie gehören zu unserer Gruppe!« rief Meribah.

»Nur auf dem Papier. Die zwei bleiben für sich.«

Plötzlich hörte man in dem Stimmengewirr deutlich Schreie: »Drauf, drauf!« Wo die Brüder Timm standen, wurde gebrüllt, und Messer blitzten.

»Oh-oh!« sagte Mr. Moxley. »Da geht's schon los.«

Die Menge hatte sich von den beiden Männern zurückgezogen und bildete einen kleinen Kreis. Alles geschah so rasch, daß Meribah nur sah, wie eine Frau sich über einen Mann am Boden beugte. Als sie zurückwich, damit andere ihm aufhelfen konnten, hatte sie an ihrem Kleid einen roten Fleck, so groß wie eine Mohnblume.

31

»O nein!« flüsterte Meribah. »Hoffentlich kommen sie nicht mit uns, Mr. Moxley.«

»Wenn sie es bald über den Strom schaffen, warten sie vielleicht nicht auf uns«, antwortete er und wendete sein Pferd.

Als sie am Wagen der Simons ankamen, sprach Captain Griffith, der Anführer der Gruppe, gerade mit Will. Er war ein schwerfälliger Mann mit raschen Bewegungen; ständig kniff er sein linkes Auge zusammen, als schaute er in die blendende Mittagssonne. Jetzt sagte er zu Mr. Moxley: »Die zweite Fähre ist kaputt. Ich habe gerade zu Mr. Simon gesagt, wir tun besser daran, weiter stromaufwärts überzusetzen. Nach unseren Informationen breitet sich die Cholera hier und auf der anderen Seite aus. Zudem liegt direkt gegenüber sumpfiges Land mit vielen Bächen, die zu überqueren wären.« Captain Griffith war schon zwanzig Mal durch Kalifornien gezogen, manchmal auf der Siedler-Route, manchmal hatte er sich eigene Wege gesucht. Unterwegs zu sein war ihm wichtiger als die Ankunft. Er ist wie ein Weberschiffchen, dachte Meribah, das zwischen den Fäden des Landes ein- und auftaucht. Doch was webte er – was war das Ziel? »Er ist ein rätselhafter Mann«, hatte ihr Vater gesagt, »aber ich vertraue seinen Kenntnissen.«

»Und wann, Captain Griffith, sollen wir aufbrechen?«

»In ein paar Stunden. Sie können immer noch nach St. Jo gehen und sich ausnehmen lassen. Aber um halb zwei sollten Sie hier und startbereit sein.« Griffith faßte an seinen Hut und ging zu den anderen Wagen.

»Meribah, hättet Ihr Lust, Euch für ein paar Malkreiden ausnehmen zu lassen?«

»O Pa! Ist das ein Witz?«

»Von wegen! Hier, nehmt das.« Er legte ihr eine Münze in die Hand. »Wir haben Lebensmittel, die den Körper stärken, aber nichts für den Geist. Das ist Aufgabe des Künstlers.«

Meribah war begeistert. Gestern hatte sie die Kreiden im

Laden gesehen und nicht gewagt, darum zu bitten. Obwohl sie noch nie damit gezeichnet hatte, wußte sie: Das war das richtige Arbeitsmaterial für sie, wie geschaffen für die Nuancen, die Schatten und Flecke, die eher Tiefe, Masse und Fülle ahnen ließen als die harten Kanten und Umrisse der Dinge.

Der Laden war voller Leute, die nach Kochtöpfen, Kesseln, Mehlsäcken, Nägeln, Kerzen anstanden – alles nur Denkbare, das Leib und Wagen zusammenhielt.

»Hallo, Liebes.« Es klang wie Vogelzirpen.

»Oh, Mr. und Mrs. Whiting!«

»Wir wollen Bienenwachs und Talg kaufen, Kind. Das gibt guten Euterbalsam für den Fall, daß Simon-Whiting wund wird. Bei dieser Lufttrockenheit und allem.«

»Oh, Mrs. Whiting, da fällt mir ein – Captain Griffith hat uns gerade gesagt, daß wir stromaufwärts fahren, statt hier überzusetzen.«

Die Nachricht wirkte wie Fuchsgeruch im Hühnerhaus. Sofort zappelten die Whitings vor Aufregung, Ärger und Besorgnis. »Wetten, Henry, sie hätten uns einfach zurückgelassen . . . Immer diese Änderungen in letzter Minute.« Sie rangen die Hände. »Verflixt und zugenäht . . . Keine Organisation, Rietta . . .« Ihre Augenbrauen tanzten auf und ab, ein Faltenmuster grub sich in ihre Stirn. »Wir müssen sofort dieses Rad reparieren . . . Rietta, beruhige dich . . . Beruhige du dich, Henry! Cholera? Und wann? . . . Halb zwei! . . . Nie im Leben . . .« Henry und Henrietta umfaßten einander, um sich gegenseitig zu stützen.

»Aber es besteht kein Grund zur Aufregung«, sagte Meribah; noch nie hatte sie zwei Menschen gesehen, die sich in solche Verwirrung und Angst hineinsteigern konnten.

»Wir haben noch fast drei Stunden Zeit. Pa hat sich heute morgen um Ihr Rad gekümmert. Sie sehen ja, ich bin auch hier, Pa hat mich hergeschickt, damit ich Kreiden kaufe, es ist also wirklich noch Zeit genug.« Im stillen beglückwünschte sich Meribah dazu, daß sie in dieser Situation das »Sie« so selbstverständlich gebrauchte.

»Ja, ja!« riefen beide im Chor. »Wir müssen unbedingt noch Bienenwachs und Talg besorgen«, sagte Mrs. Whiting. »Aber lauf nur und hole deine Kreiden, du brauchst nicht zu warten. Schau, am Ladentisch steht niemand mehr außer einem Mann. Also laß dich nicht aufhalten. Aber sag den anderen um alles in der Welt, sie sollen auf uns warten.«

»Natürlich, Mrs. Whiting.«

Die Whitings lehnten aneinander und flüsterten sich leise sanfte Worte des Trostes und der Ermunterung zu.

Meribah ging an den Tisch, wo Papierwaren, Schreib- und Zeichenmaterial verkauft wurden. Ein Mann verlangte alle möglichen Spezialfedern und Zeichenblöcke, und während der Verkäufer die Sachen holte, drehte sich der Kunde nach Meribah um.

Noch nie hatte sie so blaue, lebendige Augen gesehen. Sein hageres, falkenähnliches Gesicht verzog sich zu einem freundlichen Lächeln, sein Mund war unter einem dichten, blonden Schnurrbart fast verborgen. Der Mann redete mit ihr, aber sie hörte seine Worte kaum, so betroffen war sie von diesem lebendigen Gesicht.

»Pennsylvania, Holly Springs«, antwortete sie mechanisch.

»Washington, D.C.«, sagte er. Meribah wurde plötzlich klar, daß sie ihn etwas gefragt haben mußte.

»Kennt Ihr den Präsidenten?«

»Großer Gott, nein! Ich bin nur Zeichner für die Topographen im Landvermessungsamt.«

»Was sind Topographen?«

»Leute, die Landkarten machen – Kartographen.«

»Oh, dann müßt Ihr sehr genaue Linien zeichnen.«

Der Verkäufer kam mit einer Schachtel voll dünner Bleistifte, verschiedener Zeichenfedern und Tinte. »Bitte sehr, Mr. Goodnough.«

Meribah war beeindruckt. »Ihr zeichnet mit Tinte?« fragte sie und staunte über ihren Mut.

»Häufig.«

»Oh, dann müßt Ihr ehrliche Linien machen.«

»Ehrliche Linien?« Er betrachtete sie mit einem verblüfften Interesse, als sähe er etwas ganz Ungewöhnliches.

Meribah wußte, daß seine Aufmerksamkeit nicht dem Amischen an ihr galt. Noch nie hatten ihre Kleidung und ihre Sprechweise sie weniger gekümmert als jetzt.

»Ehrliche Linien?« wiederholte er.

»Ja. Die kann ich nicht. Meine sind immer krumm und krakelig.«

»Was darf's sein, Miss?« Der Verkäufer hatte Goodnoughs Sachen eingepackt und wandte sich nun an Meribah.

Es war ihr fast peinlich, ihren Wunsch zu äußern. Sie legte ihr Geld auf den Tisch. »So viele Farbkreiden, wie ich dafür bekommen kann, bitte.« Dann sagte sie leise, fast entschuldigend zu dem Mann neben sich: »Die sind gut für krumme Linien und Schatten – für das Verschwommene, Ungleichmäßige.«

»Und das sind für dich keine ehrlichen Linien?« In seinen Augen war ein blaues Feuer, aber Meribah sah darin auch viel Freundlichkeit.

Sie errötete. »Ich – ich weiß nicht.« Der Verkäufer kam mit einem Päckchen.

»Alle Grundfarben, Miss.«

»Die reichen. Danke. Auf Wiedersehen.«

»Warte einen Augenblick, kleine . . .«

»Ich muß gehen – mein Pa wartet auf mich.« Sie ging zur Tür, weg von dem Mann mit seinen feinen Federn und dünnen Bleistiften. Sie konnte fast fühlen, daß er ihrer Haube nachstarrte, als sie sich einen Weg durch die Menschenmenge bahnte.

Meribah lief durch die ungepflasterte Hauptstraße von St. Jo und schaute immer geradeaus, als hätte ihre Haube Scheuklappen. Aber plötzlich schob sich ein wunderhübsches Mädchen in ihr enges Gesichtsfeld.

»Hallo, Miss Meribah.«

»Oh, Miss Serena!«

»Wir wollen einen automatischen Goldwäscher kaufen, der zu unserem Goldometer paßt.« Die junge Dame schloß ihren winzigen herzförmigen Mund und wartete auf eine Antwort, doch Serena Billings machte Meribah immer sprachlos. Diese Kindfrau hatte etwas an sich, was Meribahs Atem stocken ließ. Serena neigte anmutig den Kopf. Die Locken wehten um ihr Gesicht und machten sie noch hübscher. Sie glättete das feingefältelte Mieder ihres Musselinkleides und fuhr fort: »Man könnte meinen, Miss Meribah, Sie hätten Ihre Zunge verschluckt. Sie sind schüchtern, stimmt's?«

Meribah kam wieder zu sich. »Oh, ich habe nur die hübschen Falten an Ihrem Kleid bewundert.«

»Plissee. Es fällt schön. Aber was ich sagen wollte, mein Vater hat beschlossen, daß wir einen Goldwäscher brauchen. Nun, da wir schon einen Goldometer haben . . .« Serena schwatzte weiter über die Vorzüge eines Goldwäschers und ließ dabei die Locken tanzen. »Deshalb also kaufen wir einen Goldwäscher.«

»Ihr Gold wird so sauber sein wie Ihr Kleid, Miss Serena.«

»Oh, wie reizend.« Serenas Mutter stand hinter ihnen, mit Päckchen beladen. »Hoffentlich finden wir soviel Goldklumpen, wie Serena Kleider hat. Ich glaube wirklich, dieser Goldwäscher ist *de trop* – zuviel«, übersetzte sie für alle in Hörweite, »aber Wrentham besteht darauf.« Meribah konnte sich kaum vorstellen, daß Wrentham Billings auf irgend etwas bestand. »Und was, wenn man fragen darf, haben Sie in Ihrem Päckchen? Unsere Einkaufsliste für diese Reise scheint endlos.«

»Farbkreiden. Mein Pa hat mir Geld dafür gegeben. Ich zeichne gern.«

»Oh, wie reizend. Es muß natürlich nicht sein, aber es ist bezaubernd. Serena zeichnet natürlich sehr elegant. Ihr Lehrer in Philadelphia hat behauptet, sie sei eine seiner besten Schülerinnen, und außerdem ist sie auch musikalisch so begabt.«

»Ich bin nicht sehr gut.« Meribah mußte das einfach zugeben.

»Das kann ich nicht glauben«, sagte Mrs. Billings freundlich. »Serenas Arbeiten sind natürlich superb.« Sie sah ihre Tochter an, und ihr Lächeln schwand. »Und wie entzückend du ausgesehen hast am Klavier im Musikzimmer oder am Balkonfenster in dem großen Zimmer im ersten Stock, mit dem Skizzenblock in der Hand. Ich könnte gerade . . .«

Serena runzelte die Stirn. Fast streng sagte sie: »Laß, Mama.« Und dann, heiterer: »Weißt du, was ich vorschlage: Ich werde unserer kleinen Freundin hier auf dem Weg nach Westen Zeichenunterricht geben.«

»Wie großartig von dir, Serena«, rief ihre Mutter.

Serenas Gesicht leuchtete auf, und dann sagte sie rasch: »Die Prärie soll unser Atelier sein, der Lagerplatz unser Salon. Wir werden Soireen veranstalten, und ich werde dir von den großen Traditionen der Kunst erzählen!«

»Ich muß gehen«, sagte Meribah. »Wissen Sie, daß wir um halb zwei aufbrechen und stromaufwärts fahren? Hat Captain Griffith es Ihnen gesagt?«

»Ja, ja. Er ist so tüchtig! So ein stattlicher, starker Mann.«

Meribah wollte unbedingt weg. Sie verabschiedete sich so höflich wie möglich, und während sie die Straße hinunterlief, summten Teile des Gesprächs in ihrem Kopf wie eine wütende Wespe. Plötzlich blieb sie stehen wie angewurzelt – Zeichenunterricht von Serena! Meribah schüttelte den Kopf, drängte sich weiter durch die Menge und dachte an Jeanette.

Das andere Ufer des Stroms

Meribah hob ihr Gesicht dem Nieselregen entgegen, der leicht und sanft auf ihren Gummihut tropfte. Endlich waren sie unterwegs; sie saß hoch oben auf dem Wagen neben ihrem Pa und genoß das Gefühl der Freiheit. Ihre Gesichter waren naß und glänzend, ihre Augen blickten über die Hörner des Gespanns und sahen Visionen vom Westen, von Kalifornien. Sie kümmerten sich nicht um die Tausende, die mit allen möglichen Fortbewegungsmitteln vom Planwagen bis zum Packpferd mit ihnen stromaufwärts gezogen waren. Meribah und Will waren allein mit ihren Träumen.

Bei Andrew's Ferry hatten sie endlich den Strom überquert. Für Meribah bedeutete das den eigentlichen Beginn ihrer Reise. Hier würde ihre Vision vom Westen eins werden mit der Wirklichkeit. Der Missouri war die Startlinie, eine Art vertikaler Äquator, der den Kontinent in zwei Hälften teilte: hier die Staaten, dort das Neuland. Auf der einen Seite waren alltägliche Leute; auf der anderen wurden sie zu Argonauten, vom gleichen Stoff wie die sagenhaften Sucher des Goldenen Vlieses, von dem Vater ihr erzählt hatte.

Landkarten, die den Argonauten die Wege nach Kalifornien wiesen, gab es ab drei Dollar in allen Variationen, doch sie taugten wenig. Will hatte eine der besten gekauft, aber so aufmerksam Meribah sie auch studierte, sie verstand sie nicht. An einem bestimmten Punkt verwandelten sich all die Namen von Forts und Straßen, all die Linien und Striche für Flüsse und Berge vor ihren Augen in ein sinnloses Gekritzel. Bald wurde ihr klar, daß es sinnvoller wäre, wenn sie sich ihre eigene Karte zeichnete. Die wichtigen Orte, Berge und Flüsse wollte sie gleich eintragen, alles andere, wenn sie an Ort und Stelle war.

Von Pennsylvania ganz im Osten, wo sie aufgebrochen waren, bis nach St. Jo war Meribahs Karte so bunt wie ein Flickenteppich, voller Schattierungen und Schraffierungen, mit Schlängellinien für Straßen und Wege und deutlich geschriebenen Ortsnamen. Doch links von St. Jo am Rande des Neulands war Meribahs Karte fast leer. Den Missouri hatte sie eingezeichnet, weil er so wichtig war, an seinem anderen Ufer fing der wirkliche Westen an. Ganz leicht hatte sie eine horizontale Linie eingetragen, die sich nach Norden und Süden gabelte. Das war der Platte-Fluß. Vater hatte gesagt, hinter dem Missouri würden sie ihm fast sechshundert Meilen weit folgen, bis sie an einen anderen Fluß mit dem hübschen Namen Sweetwater kamen. Im Süden lagen die Rocky Mountains und im Norden die Wind River Mountains, die Meribah nicht einzuzeichnen wagte, weil sie so geheimnisvoll klangen.

Der erste Name, der auf der Karte westlich des Missouri stand, war FORT CHILDS, und etwa anderthalb Zentimeter höher und sieben Zentimeter weiter links – etwa vierhundert Meilen entfernt – hatte Meribah FORT LARAMIE geschrieben; links davon INDEPENDENCE ROCK, weil sie von diesem Felsen gleich nach Reisebeginn gehört hatte. Nach dem Staat Missouri waren keine weiteren Staaten eingezeichnet, weil es keine gab, nur Regionen, die Indianerterritorium genannt wurden.

Ganz links hatte Meribah in kleinen Druckbuchstaben KALIFORNIEN hingeschrieben. Das war ihre Karte, die ihr zeigte, wo sie gewesen war, und die sie allmählich, Meribah glaubte daran, zum Ziel bringen würde.

Als sie den Missouri überquert hatten, stellte Meribah fest, daß auf dieser Seite des Stromes das Land kein bißchen anders war als drüben. In der Woche danach mußten sie zahlreiche andere Bäche und Flüsse überqueren, manche an einer Furt, andere mit der Fähre.

»Ein Fährmann kann bestimmt so reich werden wie ein Goldgräber«, sagte Meribah, als sie gerade wieder einmal einem Fährmann fünfzig Cent für den Wagen und zweimal fünfundzwanzig Cent für die beiden Ochsen bezahlt hatte.

Simon-Whiting war mit den Whitings bereits drüben, die Hälfte seines Fahrpreises würden sie Henry und Rietta auf der anderen Seite dieser zu groß geratenen Schlammpfütze geben, die sie insgesamt ein Dollar und zwölfeinhalb Cent kostete. Meribah hoffte nur, daß am anderen Ufer nicht wieder eine kleinere Katastrophe auf sie wartete. Gestern war Simon-Whiting an einer steilen Böschung im Schlamm steckengeblieben. Ihr Vater, Captain Griffith, ein Fährmann und Henry Whiting hatten das arme Tier herausziehen und die letzten paar Meter tragen müssen, Meribah und Mrs. Whiting hatten sie dabei angefeuert.

Als sie jetzt von der Fähre rollten, sah Meribah den Whitings sofort an, daß wieder etwas geschehen war.

»Die Deichsel an Billings Wagen ist gebrochen«, riefen sie im Chor. Henrietta seufzte, und Henry setzte müde hinzu: »Weißt du, was das heißt, Will?«

»Ich kann es mir schon denken«, sagte Meribahs Vater und führte sein Gespann die Böschung hinauf. Henrietta Whiting flüsterte Meribah zu: »Das ekelt mich einfach an. Sie sitzen neben ihrem Wagen, als wären sie in ihrem feinen Salon in Philadelphia, und wir können die ganze Arbeit tun. Wer hat gestern als einziger keinen Finger gerührt, als der arme alte Simon-Whiting steckengeblieben ist?«

Sie hatte recht, aber Meribah wußte nicht, was sie dazu sagen sollte. Daß man mit ihr so über Erwachsene redete, war sie nicht gewöhnt.

Henry und Will untersuchten den Schaden und beratschlagten, was zu tun sei. Wrentham Billings stimmte allem zu, was sie sagten, aber er hatte weder eine Ahnung, worum es ging, noch das nötige Werkzeug. Henry suchte seine Feilen zusammen, Meribah holte aus ihrem Wagen Beil und Hobel, dann gab es für sie nichts mehr zu tun. Sie ging zu den Damen Billings, die im Gras saßen und zuerst besorgt den Männern zugehört hatten, jetzt aber, wo alles unter Kontrolle war, angeregt Erinnerungen an einen Ball in Philadelphia austauschten. Meribah war natürlich noch nie auf einem Ball gewesen, doch das Gespräch faszinierte sie. Während die Billings zu den anderen in der Gruppe herablassend waren, konnten sie Will und Meribah gesellschaftlich wohl nicht einordnen und behandelten sie wie einen Sonderfall. »Das ist eben deine Art«, hatte Mrs. Billings zu Meribahs seltsamer Zeichnung von dem Bach gesagt, dem sie drei Tage lang gefolgt waren und den sie immer wieder überqueren mußten. Meribah hatte ihn als eine dunkle Schlangenlinie gezeichnet, die sich zwischen Sonnen- und Schattenflecken wand. Serena und ihre Mutter starrten die Zeichnung an, als hätten sie noch nie etwas Verwirrenderes gesehen, und schließlich sagte Mrs. Billings mit aller Liebenswürdigkeit, die sie aufbringen konnte: »Das ist also ein Bach, Liebes? Nun, man kann ihn schon erkennen ... obwohl ein paar Einzelheiten fehlen. Aber das ist eben deine Art.«

Danach war über Zeichenstunden nicht mehr gesprochen worden. Meribah wußte genau, was sie mit »deiner Art« meinten: Die Art der Amischen. Sie betrachteten ihre Zeichnung genau wie ihre Sprechweise und ihre Kleidung als etwas, was anders war und deshalb nicht nach normalen Maßstäben beurteilt werden konnte. Sie verhielten sich herzlich gegenüber Meribah und ihrem Vater und respektierten ihre Besonderheiten. Meribah benahm sich ähnlich, und nachdem sie ihre anfängliche Unsicherheit überwunden hatte, fühlte sie sich wohl in ihrer Gesellschaft, auch wenn sie an den Gesprächen kaum teilnahm. Auch Wrentham Billings war so ungezwungen und liebenswürdig, daß Meribah ihm gern zuhörte. Jetzt kam er herüber und streckte sich neben den Frauen im Gras aus.

»Dein Vater ist der reinste Zauberer, mein Kind, und bei

seiner Kunst und dem Eifer der Whitings ist die Deichsel bestimmt in Null Komma nichts repariert, und weiter geht's nach Westen. Sogar McSwat und Sohn helfen mit.«

Meribah sah, wie ihr Vater und die drei Männer schufteten und schwitzten. Mr. Billings wirkte so kühl und frisch wie der frühe Morgen. Sie war überzeugt, daß er nie schwitzte.

»Diese McSwats«, seufzte Mrs. Billings, »sind unglaublich!«

Mr. Billings lachte leise. »Aber gute Arbeiter, mein Liebes.«

»Aber so schlampig, so widerlich!« Serena verzog angeekelt das herzförmige Mündchen.

Mr. Billings wies sie zurecht: »Na, na! Meine liebe Serena, sei nicht zu kritisch oder zu schnell mit deinem Urteil. Die McSwats sind eben anders, genau wie unsere Freundin Meribah anders ist.«

»Aber doch nicht wie Meribah!« rief Mrs. Billings. »Meribah ist ein liebes, charmantes, reizendes Kind!«

»Natürlich wollte ich dich nicht mit ihnen vergleichen, Meribah. Du weißt doch, mein Kind, wie positiv ich dein Anderssein bewerte.«

Meribah war nicht im geringsten gekränkt. Noch nie hatte sie solche Komplimente gehört. Sie war charmant, reizend, lieb. Stundenlang hätte sie diesen Leuten zuhören können.

»Diese McSwats!« stöhnte Serena. »Schau sie doch an, Vater. Wie – wie die Schweine!«

Meribah sah Mrs. McSwat zu, die mit ihrem molligen Riesenbaby im Gras herumtollte, und genoß ihre schwerfällige Anmut. Plötzlich füllten sich ihre Augen mit Tränen. Nimm dich zusammen! befahl sie sich streng.

»Wirklich« – Serenas Locken tanzten –, »im Vergleich mit ihnen bist du einfach ein Lämmchen.«

Ich bin ein Lämmchen, dachte Meribah zerstreut, ein liebes, reizendes, charmantes Lämmchen.

In den nächsten beiden Tagen mußten sie unzählige Bäche, Flüsse und Ströme mit der Fähre oder an Furten überqueren. Bei starker Strömung konnten nur zwei Männer die Ochsen durchs Wasser führen; einer hielt auf der linken Wagenseite die Zügel, der andere ging vor ihnen. Will und Henry Whiting halfen einander und dann abwechselnd den Billings. Weil immer wieder Achsen und Deichseln brachen oder Räder im Schlamm steckenblieben, verlangsamte sich ihr Tempo erheblich. An einem Tag legten sie vom Morgengrauen bis zur Dämmerung nur drei Meilen zurück.

Die Timms, ohne Wagen, waren meist als erste am anderen Ufer. Dort saßen sie dann trocken hoch zu Roß und sahen zu, wie die anderen mit ihren schweren Wagen durch den Schlamm rutschten, stolperten und zusammenbrachen.

»Warum gehen sie nicht weiter? Sie könnten vorausreiten wie Mr. Moxley«, flüsterte Meribah rauh ihrem Vater zu und starrte zu den Brüdern Timm auf der anderen Flußseite hinüber. »Warum warten sie immer am anderen Ufer mit all ihrem . . . ihrem Zorn!«

»Sie wüßten nicht, wohin damit, wenn sie uns nicht hätten.«

Meribah sah ihren Vater überrascht an. »Was meint Ihr?«

»Manche Leute werden schon zornig geboren. Aber verschwendet Eure Zeit nicht mit ihnen. Wir müssen noch über viele Flüsse, und diese beiden werden dasein wie der Schlamm am Ufer. Gewöhnt Euch dran, sonst zermürbt Ihr Euch grundlos.«

Meribah war schon zermürbt. Jeden Abend war sie durchnäßt und schlammbespritzt, und der Tag war noch nicht zu Ende: Sie mußte waschen, feuchtes Bettzeug trocknen, Simon-Whiting melken und das Euter nach Mrs. Whitings Anweisungen mit Balsam pflegen. Mrs. Whiting bestand auch darauf, daß sie »den Mannsleuten eine ordentliche Mahlzeit« kochten.

Meribah fand es nicht nur anstrengend, nach einem harten Tag noch so viel zu kochen, es ärgerte sie auch, daß Mrs. Whiting immer nur von »den Mannsleuten« sprach, als ob die Frauen nicht arbeiteten. Sie arbeitete so schwer wie ihr Vater. Zwar führte sie das Gespann nicht durch die Flüsse, wenn die Strömung stark war, dafür mußte er nicht kochen und waschen. Außerdem war das Essen für alle, für Männer und Frauen, warum dann nur die Männer erwähnen?

Dieser Fluß, träge und voller Schlamm, war seicht. Meribah – ihr Kleid war schon schmutzig – schlug deshalb vor, daß sie das Gespann führte, so brauchte Mr. Whiting nicht herüberzuwaten. Ihr Wagen war der dritte. Meribah faßte das Joch und führte die Ochsen ins Wasser. Es war kalt, und der Schlamm gluckste unter ihren Füßen. Sie waren schon über die Mitte hinaus, da spürte sie plötzlich, wie eine riesige Schlammblase unter ihren Füßen barst. Sie hörte ein lautes Schmatzen, und dann war alles braun und drehte sich. Fest preßte sie Lippen und Augen zu. Wasser rauschte, und etwas Scheußliches, Nasses, Pelziges fuhr ihr übers Gesicht. Dann wurde sie mit unglaublicher Kraft hochgezogen. Keuchend, würgend und schwarz von Schlamm tauchte sie auf, und ein mächtiger Arm hob sie noch höher, über die Hörner der Ochsen.

»Es fehlt ihr nichts! Es fehlt ihr nichts!« rief Mr. McSwat und schüttelte sie in der Luft, als wollte er sie trocknen, bevor er sie am anderen Ufer absetzte.

»Meribah! Den Anblick werde ich nicht vergessen, Schlammjungfer!« Will lächelte, doch sein Mund zitterte dabei.

20. Mai 1849
In der Prärie, unterwegs
vom Territorium Kansas zum
Territorium Nebraska

Und überall der Himmel

Das Land wurde plötzlich flach, und der Himmel schien überall zu sein. Am leeren Horizont tauchte gelegentlich ein Baum auf, zuweilen auch ein alleinstehendes Haus, das waren die einzigen Unterbrechungen in der grenzenlosen Einsamkeit. Am zweiten oder dritten Tag nach der letzten Bachüberquerung rasteten sie am Mittag und fanden weder einen schattenspendenden Baum noch einen Stumpf, der als Tisch dienen konnte, noch nicht einmal einen Stein zum Sitzen. Meribah und ihr Vater benutzten den Boden als Tisch und Stuhl, mitten im hohen dichten Präriegras.

Meribah lag auf dem Rücken im Gras unter dem blauen Himmel des Westens, aß ihr Brot und dachte an andere Räume, andere Tische, andere Decken. »Pa, dieser Wind kommt direkt vom Rand, nicht wahr?«

»Von welchem Rand, Meribah?«

»Na, vom Rand des Kontinents, denk ich mir.«

Will lachte leise. »In dieser Weite fehlen Euch wohl die Ränder und Zäune?«

»Manchmal. Ja, im Augenblick schon, aber ich mag es auch, wenn es keine Ränder gibt. Wie schön, wenn der Wind endlos weht und der Himmel überall ist!«

Meribah stand auf und streckte sich. Ihre Muskeln waren angespannt und verkrampft, und die Knochen taten ihr weh. Das kam von dem tagelangen Herumgeschüttele im Wagen, der über die holprigsten Wege fuhr, die sie je gesehen hatte. Wenn Blut Milch wäre, dachte sie, dann hätte ich jetzt Butter in den Adern; es gab keine einfachere Methode, einen Eimer von Simon-Whitings Milch in Butter zu verwandeln, als ihn auf diesen Rumpelstrecken ans Wagenende zu hängen. Sie reckte die Arme mit aller Kraft zum Himmel und spreizte die Finger – die sechs blauen V und die zwei tiefen Bögen zwischen Daumen und Zeigefinger ergaben ein Muster, so schön wie die hübschesten Handarbeiten in Holly Springs.

Meribah ließ die Arme sinken und sah die Whitings, kaum fünfzig Meter entfernt, aber so klein wie Punkte am Horizont. Sie ging hinüber zu dem alten Wagenrad im Gras, auf dem die Whitings Arm in Arm, Schulter an Schulter saßen. Mrs. Whitings Schürze fiel über Mr. Whitings Knie.

»Meribah, Kind, Henry und ich haben gerade vom Staub auf dem Weg gesprochen . . .«

»Ja«, sagte Henry, »und von der armen Simon-Whiting, die ihn hinter dem Wagen schlucken muß.«

»Deshalb«, fuhr Henrietta fort, »meinten wir, daß wir abwechselnd mit Simon-Whiting vorgehen sollten, damit sie saubere Luft atmen kann.«

»Oh, das ist eine gute Idee, Mr. und Mrs. Whiting. Ich gehe zwischendurch gern zu Fuß, und die Sonne macht mir nichts aus. Die erste Strecke kann ich gleich übernehmen.«

Ein scharfer Knall durchschnitt die Prärieluft, als berste ein trockenes Scheit in den Flammen.

»Die Timms!« sagten Mr. und Mrs. Whiting gleichzeitig.

»Diese verdammten Brüder!« schimpfte Mrs. Whiting, »und ihre verdammten Schießübungen.«

Wieder knallte ein Schuß.

»Ich halte es nicht aus!« flüsterte Meribah. »Warum machen sie das?«

»Die Weite ist ihnen zu groß.« Will war herangekommen. »Sie müssen sie mit ihrem eigenen Lärm füllen.«

Sie beobachteten, wie dünne schwarze Rauchwölkchen

hochstiegen und verwehten. Plötzlich hörten die Schüsse auf. Meribah sah, wie Captain Griffith durch das Präriegras lief. Schnell drehte sie sich um und ging mit den anderen zu den Wagen zurück. Niemand sagte etwas.

Meribah führte als erste Simon-Whiting vor dem Wagen her über die Prärie, den Kopf voller Talgedanken. Sie schaute nach Rotkehlchen aus, wo es nur Falken gab, sie suchte Bodensenken, wo nur Ebene war. Sie stellte sich einen Fluß vor, wo der Wind durch federiges Gras strich. Ein weißes Wölkchen trieb auf sie zu.

»Serena!«

»Ich wollte dich bei deinem Präriespaziergang begleiten.« Serenas Stimme kam hinter Gazeschichten hervor, die an ihrem Strohhut befestigt waren. Um die Schultern trug sie eine dünne cremefarbene Pelerine, deren Enden bis zu den Knien fielen. Ihre Hände steckten in Handschuhen, und sie hielt einen weißen Sonnenschirm.

»Serena, ich dachte, du bist eine Pusteblume, die heranweht. Was hast du da an?«

»Ein Sonnenkostüm, mein Liebes. Anders sollte man sich nicht in die Mittagshitze wagen. Deine Haut wird austrocknen und aussehen wie altes Leder, Meribah!«

»Ich habe kein Sonnenkostüm.«

»Dann nimm das.« Serena knüpfte einen Schleier von ihrem Hut und band ihn so um Meribas Haube, daß er ihr übers Gesicht fiel. »Nun?«

»Sehr gut. Ich komme mir vor wie ein Vogel, der aus dem Nest späht. Was meint – was meinst du, wie sehe ich aus?«

»Wie die reizende Amische, die du bist, mit einem Schleier an der Haube.« Serena schwieg einen Augenblick. »Meribah, mir fällt auf, daß du anders sprichst. Gerade wolltest du ›Ihr‹ sagen, dann hast du ›du‹ gesagt.«

»Ja, es ist einfacher«, sagte Meribah fröhlich. »Mit Pa spreche ich natürlich wie die Amischen, aber bei dir fällt es mir leichter, du zu sagen.«

»Das verstehe ich, aber diese kleinen Besonderheiten

sind hübsch. Sie machen – sie machen auch uns zu etwas Besonderem, sogar hier.« Sie wies zum Himmel. »Es ist das gleiche, wie wenn meine Mutter und ich jeden Abend Tee trinken und einander Gedichte vorlesen.«

»Gedichte!« rief eine Stimme hinter ihnen.

»Mr. Wickham!« Serena war entzückt.

»*Kühn-zorn'ge Böen wispern hier und da*«, sagte Dr. Wickham und schaute sich dann um, »*zwischen Büschen, halb entlaubt und spröd.*'«

Das muß Poesie sein, dachte Meribah erregt.

> »*Sehr kalt erscheinen mir die Sterne hoch am Himmel,*
> *Und viele Meilen ist mein Weg noch weit,*
> *Doch spüre ich den kalten Nachtwind kaum.*'«

»Oh, Mr. Wickkam!« Serena strahlte vor Bewunderung. »Wie elegant Sie das vortragen! So einfühlsam! So wohlklingend!«

Rasch wandte sie sich an Meribah. »War das nicht exquisit?«

Nach dieser wohlgesetzten Formulierung wußte Meribah nicht, was sie sagen sollte. Sie suchte nach Sätzen, die ihren Empfindungen entsprachen. Serena und Mr. Wickham schauten sie erwartungsvoll an. »Das Gedicht – «, sagte sie und stockte schon. »Das Gedicht – hat meine Füße direkt über die Prärie getragen, Mr. Wickham. Wirklich, so ist es gewesen.«

Mr. Wickham freute sich. »Wie reizend von Ihnen, Meribah. Wie einfach! Einfach bezaubernd!«

Meribah spürte, wie sie rot wurde, und biß sich auf die Unterlippe. Warum konnte sie Poesie nicht mit Poesie beantworten wie Serena? Mr. Wickham sprach jetzt über den Mann, der das Gedicht geschrieben hatte, und Serena hörte mit einer Aufmerksamkeit zu, die Mr. Wickham sehr schmeichelhaft finden mußte. Meribah fing an, sich unbehaglich zu fühlen.

»Meribah! Hast du gehört, was Mr. Wickham gesagt

hat? Morgen um diese Zeit werden wir Indianern begegnen!«

»Pawnee«, fügte Mr. Wickham hinzu.

»Hast du keine Angst, Meribah? Wie ich gehört habe, macht es ihnen gar nichts aus, weiße Frauen zu entführen.«

»Wir werden Posten aufstellen. Captain Griffith hat bereits mit uns darüber geredet. Sie stehlen, was sie kriegen können, diese Pawnee.«

Meribah hatte nicht die geringste Angst. Irgendwo, in St. Jo oder St. Louis, hatte sie ein Gemälde von einem Pawnee-Häuptling und zwei Kriegern gesehen, mit rasierten Köpfen und in Kriegsbemalung, mit Federn geschmückt und in rote und blaue Decken gehüllt. Sie war eigentlich gespannt darauf, ihnen zu begegnen. »Haben Sie zufällig das Gemälde von dem Pawnee-Häuptling und den Kriegern gesehen? Ich glaube, es hing irgendwo in St. Louis.«

»Im Hotel?« fragte Mr. Wickham. »Das von George Goodnough?«

»Ja, der Künstler hieß Goodnough. Goodnough«, wiederholte Meribah. Der Name klang sehr vertraut.

»Er kann gut mit Pinsel und Palette umgehen. Die besten Indianerporträts sind von ihm.«

Meribah durchforschte ihr Gedächtnis. Plötzlich fiel ihr der Mann ein, der in St. Jo Federn und Tinte und Papier gekauft hatte! Der Verkäufer hatte ihn Mr. Goodnough genannt. »In St. Jo habe ich einen Mann kennengelernt, der hieß Goodnough, aber er hat gesagt, er sei Kartenzeichner.«

»Das ist ein häufiger Name. Ich bezweifle, daß dieser Kartenzeichner derselbe Goodnough ist.«

»Hier gibt es viele Motive für die Palette eines Malers«, sagte Serena. »Heute abend will ich ein Stilleben mit Prärieblumen malen.«

»Oh, wie herrlich!« rief Mr. Wickham und lauschte aufmerksam, als Serena erklärte, wie sie den Strauß arrangieren wollte. Er bot ihr seine Gesellschaft und Hilfe an.

»Ich erwarte Sie um sechs in meinem Atelier, Mr. Wickham«, sagte Serena und zeigte zum Himmel.

Für das Nachtlager wurden die Wagen im Viereck aufgestellt. Die Whitings und die Simons aßen gewöhnlich zusammen, und diesmal bestand Henrietta darauf, daß sie die Mahlzeit vorbereitete und Meribah sich erholte. Henry und Will hofften, mit Captain Griffith ein Präriehuhn fürs Abendessen zu schießen. Meribah verdrängte den Gedanken an langweilige Pflichten wie Stopfen, sie wollte lieber den Sonnenuntergang beobachten. Unterwegs stieß sie auf Serena und Mr. Wickham, die den Blumenstrauß in einer Wedgwood-Vase auf einer alten Radnabe plazierten, die sie im Gras gefunden hatten.

Serena rief: »Bleib hier, Meribah. Mr. Wickham hat die phantastischsten Ideen für dieses Stilleben. Erklären Sie ihr's doch bitte, Mr. Wickham, Sie können das viel besser, als ich es zeichnen kann.«

»Unsinn! Es geht einfach darum, diese einfachen Gaben der Prärie« – er deutete auf den Blumenstrauß – »in dieser exquisiten Vase vor den weiten, herrlichen Himmel des Westens zu stellen. Das gesamte Ensemble – die grobe Radnabe, der zarte Strauß, die köstliche Vase« – er berauschte sich an seinen eigenen Worten und mußte Luft holen – »vereinen in sich die Erhabenheit des Westens mit der Eleganz des Ostens.«

Serena schien von seinen Worten so ergriffen zu sein, daß Meribah sich fragte, ob sie überhaupt den Bleistift halten konnte. Doch die Sonne sank rasch, und Serena setzte sich auf einen Hocker und fing an zu zeichnen. Mr. Wickham stand hinter ihr und hielt einen Sonnenschirm, der ihre Augen und das Papier vor der blendenden, tiefstehenden Sonne schützen sollte. Meribah sah, wie die flache, kupferfarbene Scheibe wie eine Münze hinter den Horizont rutschte. Jetzt kam er – der letzte Lichtblitz. Alle blinzelten, als die blendende Weiße eine Sekunde lang alles ausradierte – den Horizont, das Meer aus wogendem Gras, Serenas Stilleben.

Im selben Augenblick knallten Schüsse aus einem Jagdgewehr. Präriehuhn zum Abendessen, dachte Meribah zerstreut. Die Vase wackelte, und sie glaubte einen feinen Sprung dicht unter einer gemalten Rosette zu erkennen.

Sie spürte die Kälte in der Luft. »Ich muß gehen, Serena. Ich friere bis aufs Mark, aber deine Zeichnung möchte ich unbedingt sehen. Ist sie morgen fertig?«

»Ich hoffe es«, sagte Serena. »Oh, es wird kühl, und du bist so leicht angezogen. Lauf nur, Liebes. Adieu.«

»Bis bald«, sagte Mr. Wickham fröhlich.

»Gute Nacht.« Meribah lief auf die Wagenburg zu. Nach knapp zwanzig Metern blieb sie plötzlich stehen und atmete so heftig ein, daß es wie ein Schrei klang. Die Brüder Timm standen vor ihr.

»Wir wollten Sie nicht erschrecken.« Sie schauten auf einen Punkt hinter Meribah, direkt hinter ihr.

»Haben Sie Angst bekommen?« fragte einer der Brüder. Sie schauten immer noch auf dieselbe Stelle.

»Nein, nicht im geringsten. Ich habe nur nicht damit gerechnet, daß Sie hier sind.«

»Wir sehen uns nur den Sonnenuntergang an, genau wie ihr anderen feinen Leute.« Sie schauten immer noch über sie hinweg, und der größere der beiden hob sein Kinn, als wollte er auf Serena und Mr. Wickham deuten.

»Die Sonne ist schon untergegangen, und ich will zu meinem Vater.«

»Guten Abend, Miss.«

Es gab gebratenes Präriehuhn und frische Brötchen, Kompott aus Dörrobst und guten Kaffee mit ein bißchen Zucker. Henrietta Whiting, die sich für eine erstklassige Köchin hielt, weihte Meribah in ihre Geheimnisse ein. »Die Brust spicke ich immer ein bißchen, dann wird sie saftiger ... Ein Schuß Essig im Kompott hält es frisch, wenn etwas übrigbleibt ... Und dein Brötchenrezept – phantastisch!«

»Sie schmecken sehr gut, Mrs. Whiting. Ihr habt sie gerade lange genug gebacken.« Meribah biß in eines und fragte plötzlich: »Was ist ein Ensemble?«

»Ein was?« fragten die Whitings im Chor.

»Ensemble? Nie gehört«, sagte Will. »Woher habt Ihr das?«

»Von Mr. Wickham. Er hat Serena Billings heute abend beim Zeichnen geholfen.«

»Na dann!« spottete Mrs. Whiting. »Wohl eines dieser Fremdwörter, mit denen die Engländer angeben. Wie entwickelt sich die Liebesgeschichte?«

»Gut, nehme ich an.« Meribah schleckte sich das Hühnerfett von den Fingern.

»Klingt sehr romantisch«, sagte Will, »ein Gespräch über Ensembles.«

»Vielleicht ist es was zu essen?« fragte Henrietta Whiting.

»Nein, es muß etwas mit Kunst zu tun haben.«

»Kunst?« Will hob die Augenbrauen. »Davon reden sie?«

»Ja – von Kunst und Poesie, von Bällen, Mode und was weiß ich.«

»Na, so was«, sagte Henry. »Worüber haben wir eigentlich geredet, als wir uns kennenlernten, Henrietta?«

»Wie soll ich das noch wissen? Bestimmt nicht über Ensembles!«

»Aber vielleicht haben wir übers Tanzen geredet.« Henrys Augen funkelten. »Weißt du noch, diese Tanzabende in Lester Creek?«

»Ihr habt getanzt?« fragte Will mit plötzlichem Interesse.

»Und wie – Quadrillen.«

»Und Dreher«, fügte Henrietta hinzu.

»Und Polkas.«

»Das muß Spaß machen, tanzen«, sagte Will. Meribah war schockiert. Tanzen galt bei den Amischen als frivol und gotteslästerlich und war verboten. Sie hatte fast den Eindruck, als würde Will es gern probieren. Spaß, hatte er gesagt, es muß Spaß machen. Dieses Wort hatte Meribah aus dem Mund ihres Vaters noch nie gehört, es war unter den Erwachsenen bei den Amischen nicht gebräuchlich.

»Könntet Ihr uns einen Tanz vorführen?«

Meribah sah ihren Vater mit dem größten Erstaunen an. Vielleicht hatte er einen Hitzschlag!

»Wir haben keine Musik«, sagte Henry Whiting.

»Vielleicht könntet Ihr ein bißchen was singen?« drängte Will.

Der Mann hat den Verstand verloren, dachte Meribah entsetzt.

»Ich weiß nicht recht«, sagte Mr. Whiting, schon halb überredet. »Aber vielleicht fallen mir noch ein paar Schritte von dem Dreher ein, den wir immer bei den Clawsons getanzt haben.«

»Oh, du meinst den mit der Vierteldrehung, wo man sich an den Schultern berührt?«

»Das möchten wir sehen!« sagte Will aufgeregt. »Los, tanzt ihn. Meribah und ich singen ›O Susanna‹ dazu! Das ist das einzige Lied, das wir kennen. Paßt es?«

»Oh, das geht schon.« Henrietta kicherte. »Na gut, Henry, auf geht's!«

Will beugte sich zu Meribah. »Macht Euch keine Sorgen. Falls Petrus wirklich etwas dagegen hat, was ich bezweifle, dann sagt ihm, er soll mit Eurem Vater reden. Und jetzt los:

Ich kam von Alabama her auf mühevoller Fahrt,
Und geh nach Kalifornien, wo mein Schatz schon auf mich wart.
Es regnete, als ich dort schied,
Die Nacht war sternenlicht,
Die Sonne brannte, daß ich fror,
Susanna, weine nicht.«

Meribah konnte ihren Vater nur anstarren. Die Whitings standen einander gegenüber, verbeugten sich steif und bewegten zögernd die Füße. Will sang rascher, sein Gesicht glühte nicht nur vom Widerschein des Lagerfeuers. Meribah holte tief Luft und versuchte zu singen. Mit Mühe brachte sie ein Wort hervor, dann noch eines und noch eines. Es wurde leichter. Es war aufregend – die Laute sammelten sich in ihrer Kehle und liefen auf die Zunge wie Honig. Singen! Das ist wie ein Wunder, dachte Meribah.

Sie waren schon beim zweiten Vers. Die Whitings drehten sich schneller, mit ruckartiger Präzision, doch zugleich leicht und froh. Eine Fiedel fiel ein. Captain Griffith war herübergekommen und hatte die Weise aufgenommen. Die Whitings berührten einander kaum, nur bei den Vierteldrehungen streiften sich ihre Schultern. Sie drehten sich im Kreis und sahen einander über die Schultern an. Jung wirkten sie – jung und kokett und verliebt und . . . kühn, dachte Meribah plötzlich. Kühn. Nie hätte sie in den Whitings Kühnheit vermutet.

Der Tanz war vorbei. Henry und Henrietta ließen sich auf die Hocker am Feuer fallen und erklärten atemlos, sie seien erledigt, fertig, total erschöpft.

»Jetzt seid ihr dran«, sagte Henrietta Whiting und nickte Will und Meribah zu.

»O nein, nein!« Lachend schüttelte Will den Kopf. »Ich bin schon vom Zuschauen außer Atem. Ein andermal vielleicht.«

»Spielverderber«, sagte Captain Griffith mit freundlichem Spott.

Die Gesellschaft trennte sich mit dem Versprechen, an einem anderen Abend weiterzutanzen. Im Licht des Lagerfeuers warfen sie lange Schatten auf den Boden, als sie zu ihren Wagen gingen.

Am nächsten Morgen saß Meribah vor Sonnenaufgang am Wagenende. Sie war noch im Nachthemd und hatte sich zwei Wollschals um die Schultern gelegt. In ihrem Schoß lag das Skizzenbuch, einen Bleistift hatte sie in der Hand, einen anderen zwischen den Zähnen. Die Kreiden waren ordentlich neben ihr aufgereiht. Im Osten wurde der Himmel fast unmerklich hell. Meribah hatte ihren Stift so gespitzt, daß sein Strich breit und weich ausfiel. Jetzt führte sie ihn leicht übers Papier, mit größerem Druck auf der oberen Fläche, damit es hier dunkler wurde. Ein kaltes Rosa stahl sich über den Horizont. Sie arbeitete jetzt rasch mit drei oder vier verschiedenen Kreiden, manchmal mit der breiten Seite, manchmal mit der Spitze. Mit dem Daumen rieb sie darüber, so daß hier und da weiche, diffuse Farbflecken entstanden.

Der Wind blies ihr die Haare ins Gesicht. Sie schaute auf. Die Prärie war jetzt ein seltsames Meer, in dem das Gras wogte und unter dem Sog des Windes die Farbe veränderte. Meribah malte alles – den Wind wie eine Flußströmung, das kalte Rosa der halberhellten Welt, den dünnen, zerbrechlich wirkenden, zweispurigen Pfad. Dann malte sie ein zweites Bild mit blauen Formen, Keilen und Winkeln, die sich vom weißen Papier abhoben.

»Wie habt Ihr ein solches Blau zustande gebracht?« fragte Will später. »Es ist genau das Blau der Mittagszeit, und dabei ist die Morgendämmerung kaum vorüber – habt Ihr Euch daran erinnert?«

»Ich sehe es seit fast zwei Wochen jeden Tag, Pa.«

»Und das ist das andere Bild?« Will griff nach dem ersten.

»Ja. Ich mußte es schnell malen, während ich es sah.«

»Ich verstehe. Ja – auch ich kann sehen, wie der Morgen dämmert.«

Das verlassene Dorf

Der-Häuptlinge-schlägt, Schnelles-Pferd-im-Lauf, Büffel-kopf, Drohender Donner, Klapperschlange, Plötzlicher Herzsprung, Zorniger Büffel. Meribah sann den Namen nach, die Geschichten von Muskelkraft und Geisteshaltung, von Herausforderung und Triumph erzählten. Jetzt standen sie vor ihr – die großen Krieger, der »Schrecken der Ebene«, schmutzig, zerlumpt und halb verhungert. Sie bettelten um Brot und zeigten ihre mageren Rippen. Wie würde dieser Goodnough sie jetzt malen, überlegte sie, mit Federn und Kriegsbemalung? Captain Griffith redete mit einem der Häuptlinge in einer fremden Sprache, die ihr schnell und holprig vorkam. Allmählich konnte sie ein Wort ausmachen, das ständig wiederholt wurde: *Ogalasoo.* Sie hörte es immer deutlicher. Der Häuptling breitete ein Tuch aus und legte es auf den Boden. Captain Griffith nickte und ging zum Wagen der Simons.

»Sie wollen Lebensmittel und Tabak«, sagte er leise zu Will. »Die armen Kerle. Die Sioux haben sie ausgeraubt. Und dann kam noch die Cholera.«

»Meribah, holt einen halben Schinken und das Brot, das Ihr heute morgen gebacken habt.«

»Gut so.« Captain Griffith nickte. »Wir geben ihnen, soviel wir können. Sonst würden sie es stehlen.«

»Ich muß doch sagen!« Mr. Billings war herübergekommen und hatte die letzten Sätze mit angehört. »Diese Burschen bekommen große Zuwendungen aus der Staatskasse.«

»Große Zuwendungen schützen nicht vor der Cholera.«

»Na ja, da haben Sie wohl recht. Aber eigentlich plündern sie uns aus. Die Regierung sollte Maßnahmen ergreifen! Ihnen entweder mehr geben oder sie bestrafen, damit sie mit dieser Räuberei aufhören.«

»Sie sind schon gestraft genug.« Gerade als Will das sagte, hatte Meribah überlegt, daß Mr. Billings' Forderung nach mehr Geld oder mehr Strafe recht merkwürdig war.

»Ja, sicher. Die armen Kerle«, sagte Mr. Billings. »Sie haben ganz recht, Mr. Simon. Sie sind gestraft genug.« Er warf einen Blick auf die Brotlaibe, die Meribah Captain Griffith reichte. »Dann will ich mal mit Mrs. Billings besprechen, was wir erübrigen können.«

Was immer die Billings in ihrem Wagen diskutieren mochten, Meribah fand, sie brauchten lange dazu. Johnny McSwat war mit einem Bündel gekommen, und Mr. Wickhams Reisegefährten hatten zwei Bündel gebracht, eines von jedem Wagen. Selbst die Barkers gaben Tuch, Mehl und Kautabak.

Schließlich kam Mr. Billings wieder zum Vorschein. Seine Lippen waren zu einem schmalen Strich zusammengepreßt, direkt unter seinem Ohr hatte sich ein kleiner Muskel zu einem Knoten verkrampft. Er legte einen Hutvoll Tabak in das Tuch. Dann lächelte er freundlich. »Bitte, vom Besten von Trefry und Leavitt's.«

»Vater!« Serena lief auf die Gruppe zu. Meribah wollte aufspringen, Will legte ihr die Hand aufs Knie. »Vater, hier ist noch was für sie. Ein bißchen Teegebäck und Marmelade.«

»Aber Ser . . .« Sie war schon zum Wagen zurückgelaufen. Mr. Billings schaute ihr nach, den Mund offen wie zu einem Lächeln oder einer Grimasse. »So was.« Munter wandte er sich an Meribah und Will. »Da haben Sie die Zivilisation! Diese Frauen!«

Meribah fragte sich, was Mr. Billings mit »Zivilisation« meinte. Sie hatte von ihrer Mutter gelernt, daß man zivilisiert war, wenn man sauber und ordentlich und gottgefällig war und gute Tischmanieren hatte.

»Aufstellen! Aufstellen!« rief Captain Griffith. Sie sprang auf und half ihrem Vater die Ochsen anspannen. Die übliche einstündige Mittagspause war durch die Begegnung mit den Pawnee doppelt so lange geraten. Sie folgten nun dem Platte, der sich breit und funkelnd wie ein Silberzopf durch das Land wand. Nördlich des Flusses erstreckte sich die Ebene bis zu den fernen blauen Bergen. Meribah sah ein paar Büffel, die selbst auf eine halbe Meile Entfernung riesig und schwerfällig wirkten. Die schweren Köpfe, tief übers Gras gebeugt, waren so groß wie die Steinblöcke im Bach von Holly Springs, wo sie und Jeanette gepicknickt hatten.

»Wälder sind hier selten«, sagte Will.

»Ja, aber dafür gibt es Inseln. Schaut nur, wie die grünen Höcker aus dem Flußsilber ragen.«

»›Flußsilber‹. Das gefällt mir, Meribah. In einer kalten Nacht wird es mich wärmen wie Holz.«

»Na, da such ich lieber ein paar Büffelfladen für Euch.« Sie lachte und stieg vom Sitz.

»Nehmt den Stock mit, Meribah, und dreht sie zuerst herum. Es könnten Klapperschlangen darunter sein.«

»Mach ich.« Sie nahm den Stock und sprang vom Wagen.

Bald hatte sie genug Fladen für ein ordentliches Feuer. Meribah zog sie dem Holz vor, denn sie brannten schneller und hielten die Hitze länger. Auch Backen war mit Büffelfladen einfacher. Sie lachte vor sich hin, als sie sich vorstellte, wie Mrs. Whiting den Frauen daheim das Geheimrezept für ihre köstlichen Brötchen verriet: »Büffelfladen, meine Liebe. Wenn die Brötchen ganz knusprig und gleichmäßig gebacken sein sollen, dann unbedingt ein paar Fladen ins Feuer!«

Die ersten Erdhütten tauchten ganz unerwartet auf. Gerade war da noch links der Fluß gewesen, und rechts hoben sich Erdhügel in den verschiedensten Formen vom Sand ab. Dann hatten die Formen plötzlich eine gewisse Regelmäßigkeit, und Meribah und ihr Vater erkannten im selben Moment, was sie sahen.

»Erdhütten!«

»Ein Pawnee-Dorf. Aber es sieht verlassen aus.«

Will und Meribah betrachteten die Hütten, an denen ihr Wagen langsam vorbeifuhr. Stangen ragten waagrecht über den tunnelförmigen Eingängen aus den Erdwällen. Die Türöffnungen lagen dunkel und still, nur das Quietschen der Wagenräder war zu hören. Zwischen den Erdhügeln waren runde Gruben voller Müll und Abfall: gebleichte Tierknochen, zerschlissene Mokassins, hölzerne Geräte, Matten.

Captain Griffith hatte den Treck angehalten, und die Leute stiegen jetzt von ihren Wagen und Pferden und schauten sich das Dorf an.

An der Hand ihres Vaters ging Meribah durch den dunklen Eingang in eine Erdhütte. Will zündete gerade rechtzeitig ein Streichholz an, denn der Boden führte schräg nach unten. Im flackernden Licht sah Meribah, daß sie in einem runden Raum standen, in dem Sparren strahlenförmig von einem hohen Dachpfosten in der Mitte ausgingen und mit waagrechten Firststangen und aufrechtstehenden Gabelungen verbunden waren. Auf diese Weise wurde das konische Dach gestützt und zusammengehalten. Die Decke bestand aus Binsen und Stroh, an den Wänden waren Schlafstellen aneinandergereiht. Will zündete drei weitere Streichhölzer an. Er untersuchte die Zimmermannsarbeit und das System, nach dem vertikale Gabelungen und Speichen zusammengefügt waren, um Tonnen von Erde zu tragen. »Das ist genial! Einfach genial!« Meribah wußte, was er meinte. Die Wohnstätte hatte etwas Ehrliches, Unverfälschtes. Sie sog den erdigen Geruch ein, der sich mit dem Duft von Binsen und Stroh vermischte. In diesem runden Raum, in dem die Proportionen vollkommen waren, kam sie plötzlich zur Ruhe. Es war fast, als hätte sie bis zu diesem Augenblick ihr Leben damit verbracht, sich durch die Stunden des Tages zu quälen, und jetzt endete alles in Frieden und Harmonie.

Sie fing an, etwas für die Menschen zu empfinden, die hier gelebt hatten, die auf den Matten gesessen, Körner im Mörser zerstampft, Leder für Mokassins gekaut und einander beim Namen genannt hatten. Sie versuchte, sich so wie diese Menschen hier im Raum zu bewegen, und dann setzte sie sich auf eine Matte, kreuzte die Beine und schaute hinauf zu der konischen Decke, die sich in die Wände senkte und dadurch mit dem Boden verbunden war. Sie fühlte sich geborgen, doch nicht eingeengt. In Steißbein, Rücken und Schultern spürte sie etwas Neues, Unbekanntes, das aus der Erde kommen mußte – es war unten und oben, es stützte und umarmte sie, doch es drückte sie nicht. Unsagbares wurde ihr jetzt verständlich – gewisse Ängste und Wünsche, bestimmte Empfindungen von Helligkeit und Dunkelheit, Schatten und Feuer, Wärme und Kälte, Hunger und Fülle. Und wie das Strömen eines unterirdischen Flusses war da auch eine tiefe Traurigkeit, manchmal mächtig, dann wieder schwächer, doch stets beharrlich.

Sie kam in eine Welt zurück, die grell und aufdringlich war mit ihrem Staub und ihrer Hitze. Dr. Forkert hielt einen längeren Vortrag über die Gefahren, denen der menschliche Organismus bei einem Leben unter der Erde ausgesetzt sei. Mr. Billings nickte eifrig Beifall und gab zu bedenken, daß vielleicht mehr noch als Cholera die schlechte Luft die Pawnee geschwächt habe.

»Möglich. Möglich«, sagte Dr. Forkert.

Mr. Wickham war glückselig über Scherben und andere »archäologische Funde«, die er in ein berühmtes Museum in England bringen wollte. Doch Meribah dachte immer noch an das kühle Rund aus Dunkelheit und Erde. Sie versuchte sich vorzustellen, wann die Indianer weggezogen waren. Waren sie langsam aufgebrochen – zuerst die Schwarzseher und die Impulsiven, dann die älteren und schwächeren Menschen? Oder waren sie alle auf einmal davongejagt worden? Hatten sie innerhalb einer Stunde gehen und vieles zurücklassen müssen, Töpfe mit kochendem Inhalt, Büffelhäute, an denen das Blut noch feucht war, Mörser mit unzerstoßenen Körnern? Hatten sie ihre Kinder noch füttern können? Aber war es wirklich wichtig, wie sie davongezogen waren? Ein Leben mit einfachem Rhythmus, mit guter Ordnung war unterbrochen worden, das eigentlich andauern sollte; davon war Meribah überzeugt.

In der Dämmerung, als das Lager aufgebaut war, schrieb Meribah die ersten Worte zwischen St. Jo und Fort Childs in ihre Karte.

Sie zeichnete eine tiefe Biegung in den Flußlauf und deutete ein paar sanfte Hügel an. Sorgfältig schrieb sie in Druckbuchstaben PAWNEE-DORF (VERLASSEN). Nördlich vom Fluß markierte sie mit Punkten, Schatten und verwischter blauer Kreide den Übergang der Ebene in die niedrigen Bergketten.

Nicht größer als ein Kuchenteller

»Sie gehören nicht zu den anständigen Leuten. Kein bißchen zivilisiert.«

Da war schon wieder dieses Wort, dachte Meribah. Allmählich ging es ihr auf die Nerven.

»Sie sollten sich fernhalten.«

»Du meine Güte, Serena – von wem redet ihr?« fragte sie.

»Von den Timms. Jedesmal wenn ich mich umdrehe, sind sie da.«

»Ach, ich dachte, es geht um die Mormonen.«

»Wir haben das Thema gewechselt.« Serena und Mr. Wickham leisteten Meribah Gesellschaft, die Simon-Whiting führte, und sie hatte ihrem Gespräch nur mit halbem Ohr zugehört.

»Jetzt reden wir von den Timms. Immer sind sie da, nah genug, um mich nervös zu machen, aber weit genug, daß man sich nicht beschweren kann.«

»Ich werde gern einmal ein Wörtchen mit ihnen reden«, bot Mr. Wickham an.

»Das ist sehr freundlich von Ihnen, Mr. Wickham, aber ich fürchte, das wäre – nun, unpassend, vielleicht sogar herausfordernd.«

»Aber sie benehmen sich unpassend und herausfordernd.«

»Vielleicht bilde ich es mir auch nur ein.«

»Vielleicht, Serena«, sagte Meribah. »Aber auch mir

kommt es vor, als würden sie ständig herumschleichen und sich halb versteckt durchs Gras schlängeln. Es geht nicht nur dir so.«

»Nach den Timms werden die Mormonen ganz entzükkend sein«, sagte Serena.

Mr. Wickham verabschiedete sich. »Ich muß gehen.

Ich geh und sammle Büffelfladen,
Ganz wie es einst die Alten taten.
Noch liegt der Fladen still im Sand,
Doch morgen ist er schon verbrannt!«

»Oh, Mr. Wickham!« Serena war errötet. »So etwas!«

Meribah kicherte. »Das gefällt mir! Haben Sie es selbst gedichtet?«

»Mit ein paar Anleihen. Nun – adieu, die Damen.«

»Oh!« Serena schaute ihm seufzend nach. »Er ist so charmant und witzig, findest du nicht auch, Meribah?«

»Doch, und ich glaube, er findet dich ebenso charmant.«

»Wirklich?« Sie griff nach Meribahs Hand und drückte sie.

»Ja, wirklich. Und es würde mich nicht überraschen – nein, ich sage es lieber nicht, sonst bringt es vielleicht Unglück.«

»Doch, Meribah, sag es! Bitte! Bitte!«

Meribah seufzte. »Na gut. Ich wollte nur sagen, daß es mich nicht überraschen würde, wenn Mr. Wickham dir einen Heiratsantrag macht.«

»O Meribah! Glaubst du das wirklich?«

»Ich habe nur gesagt, es würde mich nicht überraschen. Immerhin scheinst du ihm sehr gut zu gefallen. Und er ist ja auch sehr nett – so liebenswürdig und freundlich. Nie schüchtern, nie aufdringlich. Er gleicht sehr deinem Vater, Serena! Komisch, das fällt mir jetzt erst auf.«

»O nein! Kein bißchen!« rief Serena. »Er ist überhaupt nicht wie mein Vater.«

»Nun, natürlich nicht äußerlich, aber in seinem Benehmen.«

»Nein. Nein.«

»Na, ich finde schon. Was glaubst du, wie es ist, mit Mr. Wickham verheiratet zu sein, Serena?«

»Darüber zu reden bringt vielleicht Unglück.« Serena kicherte. »Aber – auch wenn du meinst, er ist wie mein Vater, unsere Ehe wäre jedenfalls ganz anders als die meiner Eltern.« Ihre eigenen Worte schienen sie zu erregen. »Damit will ich nur sagen, daß Alec und ich – Mr. Wickham und ich sind Individuen, genau wie meine Mutter und mein Vater. Und da jedes Individuum anders ist, wäre auch unsere Ehe anders. Verstehst du?«

»Ja, natürlich.« Aber Meribah wünschte, sie hätte das Thema nicht angeschnitten.

»Natürlich hätte unsere Ehe gewisse praktische Aspekte, genau wie die meiner Eltern.« Serena sprach jetzt mit einer fast berechneten Heiterkeit. »Ich meine, es gibt da bestimmte Dinge – mein Vater zum Beispiel braucht ewig, um dieses dumme Zelt aufzustellen, aber meine Mutter weiß sofort, was wohin gehört, wie man anfangen muß und wie es weitergeht. Obwohl sie nicht kräftig genug ist, es selbst zu machen, kann sie meinem Vater Anweisungen geben, und in diesem Sinn führen sie eine perfekte Ehe. Natürlich«, fügte Serena rasch hinzu, »nicht nur in diesem Sinn. Aber das Beispiel zeigt eine echte Partnerschaft von Körper und Geist, und das meine ich mit praktisch.«

Meribah nickte heftig. Serena schien Zustimmung zu brauchen.

»Bei Mr. Wickham und mir wäre die Partnerschaft eher romantisch als praktisch. Oder eher geistig. Das Praktische ist schon auch da. Du hast ja gesehen, wie genial er mein Stilleben arrangiert hat. Aber er gibt selbst zu, daß er keine gerade Linie zeichnen kann.« Serena lachte nachsichtig. »Und doch hat er das Auge eines Künstlers. Der arme Schatz, das Auge ist offen, die Hand ist blockiert. Meine Hand dagegen greift ganz leicht nach dem Zeichenstift, doch mein Auge ist nicht immer klar genug, als daß es alles wahrnehmen könnte. Deshalb wäre auch das eine Partnerschaft im praktischen Sinn.«

»Ich verstehe, was du meinst«, sagte Meribah.

Serena griff nach Meribahs Arm und drückte ihn an sich. »Du bist ein liebes Mädchen, Meribah.«

Meribah hatte gerade das gleiche über Serena gedacht. Doch plötzlich fragte sie sich, wie es zu dieser Freundschaft gekommen war. Sie waren in jeder Hinsicht ganz verschieden, und Meribah konnte sich nicht vorstellen, auf welcher winzigen Gemeinsamkeit ihre Freundschaft basierte. Wenn diese Prärie ein Ozean wäre, dachte sie, dann wäre unsere Zuneigung wie ein Samenkorn in der Luft, das ein Fleckchen Insel sucht, wo es landen und keimen kann. Viel Erde brauchte es nicht, nur eine winzige Scholle, nicht größer als ein Kuchenteller. Aber der Samen hatte Wurzeln geschlagen, und eine Freundschaft war entstanden.

»So, Miss Meribah«, sagte Serena plötzlich übermütig, »jetzt habe ich dir meine Ansichten über die Ehe mitgeteilt, und nun bist du dran. Was suchst du oder erträumst du dir in einer Verbindung von Mann und Frau?«

Meribah dachte lange nach. »Ich suche keine Verbindung und erträume mir nichts von einem Mann.«

Serena stutzte. »Aber du willst doch heiraten?«

»Auf keinen Fall«, sagte Meribah bestimmt.

»Heiraten die Amische nicht?«

»Natürlich tun sie's. Wie sollten sie sonst Kinder bekommen?« Kaum hatte sie den Satz ausgesprochen, wurde Meribah rot. »Das nehme ich zurück! Ich weiß, wie. Ich meine nur, wie sollten Familien ... Ach, du weißt schon, was ich meine.«

»Ja, natürlich.« Serena unterdrückte ein Lachen. »Aber wenn die Amische heiraten, warum bist du dann so dagegen?«

»Ich bin nicht dagegen. Ich weiß nur, daß es nichts für mich ist, auch wenn ich nicht recht weiß, warum. Wenn ich mir vorstellen soll, ich wäre verheiratet, dann fällt mir das genauso schwer, als sollte ich mir vorstellen, ich wäre – ein – ein Pferd.«

»Wie seltsam. Ich habe mir immer vorgestellt, daß ich einmal verheiratet bin. In einer solchen Verbindung gibt es viele Möglichkeiten, glücklich zu sein.«

»Ich glaube, wer ledig ist, hat auch viele Möglichkeiten, glücklich zu sein. Wenn man endlich so erwachsen ist, daß man es genießen, daß man allein etwas tun kann, ohne daß einem jemand sagt, wie und wie nicht . . .«

»Aber man ist so einsam.«

»Wer ledig ist, muß nicht allein sein, und wer allein ist, muß nicht ledig sein. Es gibt auch Verbindungen ohne Heirat.«

»Meribah!« Wenn sich Meribah plötzlich in einen Baum oder in ein Pferd verwandelt hätte, wäre Serena kaum erschrockener gewesen.

»Nun, so empfinde ich es eben, und wenn ich es so empfinde, würde ich einen Ehemann nur noch unglücklicher machen.«

»Wahrscheinlich«, sagte Serena. »Aber du könntest dich noch ändern, nicht wahr?«

»Ja, allerdings.« Meribah lächelte.

»Ich könnte es nicht aushalten, allein zu leben. Allein zu sein«, sagte Serena heftig.

Schweigend gingen sie weiter. Serena schien sich mit Meribahs ehelosem Leben zu beschäftigen, und Meribah grübelte über die Ähnlichkeiten zwischen Mr. Wickham und Wrentham Billings nach und über Serenas Vorstellungen von Verbindungen, Beziehungen und Einheiten.

»Meribah«, sagte Serena plötzlich, »sind Hochzeiten bei den Amischen anders als bei uns?«

»Ich weiß nicht, wie sie bei euch sind. Bei uns wird immer im November geheiratet.«

»Das ist schon anders. Warum gerade im November?«

»Weil dann die Ernte eingefahren ist und noch nicht zuviel Schnee liegt.« Meribahs Worte klangen so vernünftig, daß Serena dieses Heiratsdatum nicht anzuzweifeln wagte, obwohl es ihr nicht logisch vorkam.

»Gibt es in Holly Springs genug Kirchen für all die Novemberpaare?«

»Oh, es werden immer mehrere getraut.«

»In einer Kirche am selben Tag?«

»Ja. Es ist eine Art Gruppenzeremonie.«

»Ach du meine Güte.«

»Für die Gemeinde ist das praktisch. Ein Viertel oder mehr der heiratsfähigen Jungen und Mädchen heiraten in einem Monat eines Jahres, gründen Familien – die ersten Babys kommen gewöhnlich im August.«

»Das klingt so – so ordentlich.«

»Das ist es auch. Aber es ist sinnvoll für die Gemeinde, so kann sie arbeiten, sich entwickeln – als Gruppe überleben.«

»Tragen die Mädchen Brautkleider?«

»Nein, meistens nur ein neues Kleid, aber es sieht genauso aus wie unsere anderen Kleider.«

»Soll das heißen, ohne Spitze? Ohne Perlen? Ohne Schleier?«

»Natürlich, so etwas gibt es nicht.«

»Und Blumen?«

»Nein.«

»Keine Blumen!« rief Serena entsetzt.

»Nein. Beim Hochzeitsmahl sind die Tische mit großen Bündeln Sellerie geschmückt. Es sieht sehr hübsch aus, mir gefällt das am besten an der ganzen Hochzeit. Manchmal, an einem klaren Tag, füllt dieses schwache, blasse Novemberlicht den Raum und läßt die Sellerieblätter wunderschön und zart erscheinen.« Meribah verstummte. Wunderschön und zart – die beiden Worte verbanden sich miteinander. War das die Ehe? Es ängstigte sie.

»Und deine Eltern, Meribah«, sagte Serena leise, »ist deine Mutter gestorben?«

»Nein.« Meribah sah zu Boden und schüttelte den Kopf.

Beide schwiegen minutenlang. Dann sagte Meribah: »Meine Mutter ist dort, in Holly Springs, und wir sind hier.«

Das Felsennest

Allmählich rieb das Land sie auf wie ein riesiger Mühlstein. Doch dieser Mühlstein, dachte Meribah, besteht
nicht aus Granit, sondern aus verdorbenem Wasser,
schlechter Luft und sandiger Erde, die unter Fuß und Rad
nachgibt; aber zum Schluß kriegt er Holz, Metall, Räder
und Ochsen klein, als wären sie Weizenkörner. An einem
Dienstag, auf dem Weg durchs Apachenland, starb den
Barkers einer der großen Ochsen, die den schweren Planwagen zogen. Sie hatten Ersatzochsen, doch keiner war so
groß wie das Tier, das mitten im ausgetrockneten Platte auf
die Knie fiel und nicht mehr aufstand. Innerhalb einer
Stunde war es tot. Die Ersatzochsen waren für den kleine-
ren Wagen bestimmt, es war fraglich, ob einer von ihnen
den schweren ziehen konnte. Mr. Billings hatte zwei starke
Ersatzochsen, aber er weigerte sich hartnäckig, einen aus-
zuleihen oder auch nur zu vermieten, wie seine Frau vorge-
schlagen hatte.

»Das kommt nicht in Frage, Barbara! Es sind nette Leute,
kein Zweifel.« Meribah konnte in ihrem Wagen hören, wie
ihr Vater und Mrs. Billings ihn drängten, den Barkers zu
helfen. »Sie hätten sich auf diesen Notfall vorbereiten
müssen. Wer Ersatzochsen mitnimmt, die nur für einen
von zwei Wagen geeignet sind, hat nicht gut geplant.«

»Aber Wrentham . . .«

»Barbara, du hast mich überredet, diesen dreckigen Pawnee meinen Tabak zu geben, und Serena hat noch unsere

besten Kekse und unsere beste Marmelade dazugetan. Ihr Frauen würdet alles hergeben, nicht wahr? Aber im Gegensatz zu Keksen und Marmelade sind Ersatzochsen lebensnotwendig, und wir säßen schön in der Klemme, liebste Frau, wenn unser Gespann verenden würde.« Er hob die Stimme nicht, doch sein Ton wurde höhnisch, und Meribah war froh, daß sie ungesehen in ihrem Wagen saß. »Oder sollten wir uns vielleicht«, fuhr Mr. Billings fort, »mitten in der Wüste häuslich niederlassen? Das würde dir wohl so passen. Schließlich hast du ja Erfahrung damit, aus Schweinsohren hübsche Täschlein zu nähen. Das ist doch deine *spécialité*, Barbara Weiss-Billings? Ach ja, die schäbige kleine Wohnung über dem Metzgerladen, die du für deine zauberhafte, reizende Familie so zauberhaft und reizend eingerichtet hast! Und was kannst du mit Ochsenkadavern anfangen, Madame Billings? Immerhin stammst du ja aus uraltem Fleischeradel, das ist schließlich dein familiärer Hintergrund.«

Meribah fröstelte, als Mr. Billings »Fleischeradel« sagte. Ihr Vater mußte mitten im Streit gegangen sein, er war nur noch etwa hundert Meter von ihrem Wagen entfernt.

»Wrentham, bitte!«

»Bitte was? Ich überlege nur, wie dein familiärer Hintergrund von Nutzen sein könnte in unserem Wüstenhaushalt. Mit Ochsenhaut bespannte Sofas, Leuchter aus Ochsenhörnern und so weiter – du weißt, was ich meine, Liebste!«

»Vater, hör auf damit!«

Mr. Billings' Stimme klang plötzlich freundlicher. »Immerhin wollte deine Mutter unseren Ochsen hergeben, unsere einzige Hoffnung, diese höllische Reise zu überleben.«

Der Wortwechsel war nicht für Meribahs Ohren bestimmt gewesen, und das machte es noch schlimmer. Sie fragte sich tatsächlich, ob sie Mr. Billings richtig verstanden hatte. Sie hatte ihn immer für so liebenswürdig, so höflich und gut gelaunt gehalten. Er brachte es sogar fertig, den Barkers aufs freundlichste klarzumachen, warum er ihnen unmöglich einen Ersatzochsen leihen konnte. Will erzählte Mr. Moxley, nach dieser hinreißenden Rede hätte es ihn nicht überrascht, wenn die Barkers Mr. Billings gedankt hätten. Doch Mrs. Barker dankte ihm nicht. Sie brach in Tränen aus und schluchzte, wenn es ihre Ersatzochsen nicht schafften, wollte ihr Mann den schweren Planwagen auseinandersägen und einen zweirädrigen Karren daraus machen und die halbe Ladung – die Waren aus dem »größten Handelszentrum mit allem Lebensnotwendigen« – in den verteufelten Platte werfen.

Am Tag nachdem der Ochse der Barkers gestorben war, brach das linke Hinterrad der Billings – nicht nur das Rad, auch die Nabe. Die Reparatur war eine Riesenarbeit. Sie brauchten ein Schmiedefeuer, um neue Bänder für die Nabe zu machen. Alle Speichen waren locker, das Holz des Radkranzes war geschrumpft und mußte neu gefaßt werden. Sie brauchten dazu einen ganzen Tag und vier Männer: Will schmiedete und montierte, Henry Whiting hielt die Teile mit Zangen und Blöcken, während Will hämmerte, und die McSwats sorgten für das Feuer. Wrentham Billings half, so gut er konnte, aber er schäumte vor Wut, als die anderen weiterzogen mit dem Versprechen, nach ein paar Meilen zu warten.

Zuerst dachte Meribah, Mr. Billings ärgere sich so über sein Pech mit dem Rad und über den Vorsprung der anderen. Sie hatte schon lange gemerkt, daß für ihn der Zug nach Westen eine Art Wettrennen war. Er regte sich entsetzlich auf, wenn andere Trecks sie überholten, und beneidete besonders die schnelleren Pferdewagen. Sein einziger Trost war die Überzeugung, daß die Pferde die Wüstenstrecken nicht überleben würden. Doch jetzt nährte noch etwas anderes seinen Zorn.

»Er glaubt felsenfest, die Barkers hätten sich an dem Rad zu schaffen gemacht, Meribah!« sagte Mrs. Billings erbittert.

»Nein!«

»Doch! Und ich kann es ihm nicht ausreden. Der Gedanke ist einfach lächerlich. Die Leute haben kaum Kraft genug, sich etwas zu kochen, und er glaubt, sie machen anderen die Ausrüstung kaputt. Ich weiß nicht, was ich tun soll. Er ist wirklich schwierig.«

Endlich war das Rad repariert. Sie fuhren in der Nacht los und stießen bei Tagesanbruch auf ihren Treck. Unterwegs, als Meribah neben ihrem Vater saß und über die Ochsenhörner zum dunklen Horizont schaute, erzählte sie ihm von Mr. Billings' Verdacht.

»Hat er das wirklich gesagt?« fragte Will ungläubig.

»Mrs. Billings behauptet es.«

»Er ist ein Narr, Meribah, und noch schlimmer: ein gefährlicher Narr.«

Meribah dachte darüber nach. Vielleicht war Mr. Billings gefährlich, weil sein Verdacht gegen die Barkers ihn so zornig machen könnte, daß es zu einer sinnlosen Explosion kam. Sie wünschte sich den Morgen herbei.

Es gab eine Explosion. Aber nicht die Billings und die Barkers waren daran beteiligt, sondern die Timms. Sie hatten einem Apachenkrieger eine Kugel durch den Kopf geschossen und seinem jüngeren Bruder eine durchs Herz.

»Wir können Gott danken, wenn sie uns nicht angreifen!« brüllte Captain Griffith die Brüder an. »Sie bringen uns alle in Gefahr!« Die beiden standen inmitten eines Menschenrings und starrten zu Boden. Von ihren Gürteln baumelten obszön die frischen Indianerskalps. Die Timms stießen mit ihren Stiefeln den Straßenstaub hoch, und der eine verwendete viel Sorgfalt darauf, einen kleinen Staubhügel aufzuwerfen. Zu Meribahs Erstaunen schienen sie den Abscheu der anderen zu genießen. Mit ihrem fast zahnlosen Grinsen und trotz der niedergeschlagenen Augen wirkten sie zufrieden.

»Das war idiotisch!« schimpfte Captain Griffith weiter.

»Was haben Ihnen diese Indianer denn getan?« rief Mr. James.

»Das sind keine Menschen, die Indianer«, murmelte einer der Brüder.

»Sie vielleicht?« flüsterte Mrs. Billings ein wenig zu laut. Die anderen lachten über die Bemerkung, und das ärgerte die Timms offenbar mehr als alles, was gesagt worden war. Sie wandten kaum die Köpfe, aber sie warfen Mrs. Billings zornfunkelnde Blicke zu. In Meribahs Magen verkrampfte sich etwas.

Der Mann stand mitten im staubigen Flußbett und schüttete Terpentin über einen Sack voll Zucker. Dann warf er ein brennendes Streichholz darauf. Es gab einen leisen Knall, dann verzehrten die Flammen den Zucker. »Ich habe noch einen Sack, Leute. Gibt mir jemand zwanzig Dollar dafür? Zwanzig Dollar! Zum ersten! Zum zweiten!« Er hielt den Sack über das Feuer. Meribah wandte den Kopf ab. Sie hörte einen dumpfen Aufprall, dann knisterten die Flammen mit neuer Wut.

»Diese Vergeudung! Diese gotteslästerliche Vergeudung!« flüsterte Will.

Sie würde sich nie daran gewöhnen können, und doch hatten sie seit Fort Childs nichts anderes gesehen. Das Silberband des Flusses hatte sich geteilt, und während sie dem Nordlauf folgten, war das Wasser seichter, schlammig und gelb geworden, das Land trockener, die Bäume kleiner, und statt Gras gab es Sand. Häufig führte der Fluß überhaupt kein Wasser. Die Ufer waren übersät mit den Gräbern der Cholera-Opfer, mit toten Ochsen und den Habseligkeiten der Weiterziehenden – ein Tisch mit Klauenfüßen, ein schwerer Eichenschreibtisch mit unzähligen Schubladen, Großvateruhren, Kaffeemühlen, Töpfe, Werkzeug, Herde, Pflüge, Kleider, Kisten und Fässer. Das alles war aus den Wagen geworfen und absichtlich zerstört worden, damit kein anderer davon profitieren konnte.

Meribah hatte ein Taschentuch mit Kampfergeist getränkt, um sich vor dem Gestank der toten Ochsen und des verdorbenen Wassers zu schützen, der sie den ganzen Tag belästigte. Serena hatte sie seit zwei Tagen nicht mehr gesehen. Mr. Billings sagte, sie leide unter dem Staub und der schlechten Luft. Wenn Meribah jetzt mit Simon-Whiting vor dem Wagen ging, kam sie den verwesenden Kadavern und den hastig aufgeworfenen Gräbern der Cholera-Opfer noch näher. Aus eigentümlicher Eitelkeit hatten Aussiedler ihre Namen und Reisedaten auf die gebleichten Ochsenknochen geschrrieben, und manche Gräber waren durch den flachen weißen Schulterknochen eines Pferdes oder Ochsen markiert oder trugen ein Kreuz aus zwei zusammengebundenen Knochen. Holz war rar. Es gab keine Särge, und gelegentlich sah sie eine Stiefelspitze aus einem flachen Grab ragen. Alles wirkte versengt, ausgetrocknet und gebleicht.

Zuweilen führte der Weg den Flußlauf entlang, dann wieder mitten durchs ausgetrocknete Bett des Platte. Der rutschende Sand und die zerbröckelnde Erde unter Rädern, Hufen und Füßen behinderten sie so, daß sie nur quälend langsam vorankamen und Meribah jede Grabinschrift beim Vorüberziehen mehrmals lesen konnte.

JOHN HOOVER, 18. JUNI 1849
12 JAHRE. RUHE IN FRIEDEN,
LIEBER JUNGE, DENN DEINE IRDISCHE REISE
IST ZU ENDE

RACHEL E. PATTISON
18 JAHRE, 19. JUNI 1849

ZUM ANDENKEN AN DANIEL MALOY
GESTORBEN AM 18. JUNI 1849 AN CHOLERA
48 JAHRE

Jede häßliche Einzelheit war endlos zu sehen: die Fliegen auf dem verwesenden Gesicht eines Ochsen, die plattgewalzte Klapperschlange, die seltsamen puderigen Spuren von Salz, die den Boden zeichneten, bis das Land einem unheimlichen Skelett glich. Strenge Alkali-Gerüche drangen aus der Erde, und Meribah bemerkte, daß sich die kalkigen Absonderungen auf Felsen und in den Spalten des Flußbettes zu dicken Verkrustungen sammelten.

Captain Griffith hatte darauf hingewiesen, daß vor dem Abend oder dem nächsten Tag kein gutes Wasser zu finden sei. Meribah wußte, was alkalisches Wasser bedeutete. Sie hatte die aufgetriebenen Leiber des Viehs gesehen, das aus den seltenen, verschmutzten Quellen getrunken hatte, aber sie hatte nicht damit gerechnet, daß das Gift aus der Erde dringen und sich wie weiße Grinden übers Land legen würde.

Plötzlich standen Mr. und Mrs. Whiting vor ihr. »Wir verlieren gleich ein Rad, Meribah.«

»So schlimm wie bei Mr. Billings ist es aber nicht«, fügte Mrs. Whiting hinzu.

»Aber wir wollen nichts riskieren.«

»Bei den McSwats ist es auch gleich soweit, deshalb wollen wir halten. Vorbeugen ist besser als Heilen.«

»Wir müssen vor Ash Hollow halten. Griffith sagt, dort wird es steil, und an einer Stelle müssen zwei Gespanne einen Wagen ziehen.«

»Führen Sie Simon-Whiting«, sagte Meribah und gab Henrietta den Strick. »Ich laufe und bitte Mr. Wickham oder Dr. Forkert, zu Captain Griffith zu reiten, damit er halten läßt.«

Meribah lief den Weg entlang und wich geschickt Kadavern und Gerümpel aus. Einmal sprang sie vor einer Klapperschlange zur Seite, die im Schatten einer zerrissenen Haube schlief.

»Dr. Forkert! Dr. Forkert! Könnten Sie vorreiten und Captain Griffith bitten, daß er halten läßt? Bei den Whitings und den McSwats gehen Räder kaputt. Wären Sie so gut?«

»Gerade hab ich auch daran gedacht. Unsere müssen vor

der steilen Stelle nachgesehen werden. Wahrscheinlich wollte Griffith vorher halten lassen, aber ich sage es ihm jetzt. Die anderen sollen innerhalb der nächsten Viertelmeile rasten.«

Meribah lief zurück und sagte es den McSwats, die es anderen weitersagten. Sie ging zu den Billings.

Mr. Billings murrte noch über den vorgesehenen Halt, als sie bei seinem Wagen ankam. »Ich sehe wirklich nicht ein, warum das sein muß«, sagte er zu seiner Frau. »Sie hätten gestern ihre Räder überprüfen sollen, als wir unseres reparierten.«

»Mrs. Billings, kann ich nur ganz kurz Serena besuchen? Ich werde sie nicht stören, ich verspreche es.«

»Aber natürlich, Kind. Es wird sie bestimmt aufheitern.«

Meribah lief zum Wagenende und kletterte hinein. »Serena!« Drinnen war die Luft erstickend schwül.

»Meribah!« Die Stimme klang schwach, fast alt. »Du besuchst mich!« Serena stützte sich auf einen Ellbogen. In ihrem dünnen Kleid und mit dem offenen Haar sah sie aus wie ein Geist. Meribah wollte sie festhalten, aber sie dachte, das wäre, als wollte man eine Wolke fangen.

»Geht es dir besser, Serena?«

»Ja, Liebes, viel besser. Ich glaube, heute abend, wenn die Sonne untergegangen ist, kann ich hinausgehen.«

»Ich habe Mr. Wickham gesehen. Er macht sich solche Sorgen um dich, Serena.«

»Ich weiß. Er hat mir so reizende Briefe mit Gedichten geschickt. Meribah – ich habe über diese Hochzeiten bei den Amischen nachgedacht, von denen zu erzählt hast. Wenn all die Paare in der Kirche gemeinsam oder nacheinander aufstehen. Es ist wirklich sehr seltsam.« Serena setzte sich auf und krauste die Nase. »Ich meine, du mußt zugeben, daß bei diesen Massenhochzeiten das Persönliche zu kurz kommt.«

»Es sind nicht gerade Massenhochzeiten. Es sind eher . . . Gemeindehochzeiten, ja, Hochzeiten in der Gemeinschaft.«

»Du gebrauchst dieses Wort oft, wenn du von deinem Zuhause sprichst. Es kommt mir vor, als gäbe es dort keine individuellen Menschen oder Familien, nur die Gemeinde.«

Meribah lachte leise. »Es ist schwer zu sagen, wo man selber oder die Familie aufhört und die Gemeinde anfängt.« Sie zögerte und schaute in Serenas blasses Gesicht. »Wir sind gegangen, Pa und ich, weil sie ihn ausgeschlossen haben.«

Serena sah sie groß an.

»Ja. Er wurde von allen gemieden.« Meribah sprach jetzt rasch. »Niemand durfte ein Wort mit ihm reden, ihn ansehen, mit ihm essen, mit ihm arbeiten. Nicht einmal unsere Familie.«

»Aber das ist zu grausam.« Serena schüttelte den Kopf. »Ich kann es kaum ertragen, daran zu denken.«

»Er hat nichts Schlimmes getan. Er war nur anderer Meinung als die Gemeinde. Das hat niemandem geschadet. Er hat nicht gestohlen, er hat nicht getötet. Er hat die Bischöfe kritisiert und ist zur Beerdigung eines Mannes gegangen, den sie für gottlos hielten. Das war seine Sünde – daß er gegen die Regeln verstoßen hat, nicht gegen die Gebote. Kannst du dir vorstellen, wie ein Mensch darunter leidet, selbst von seiner Familie gemieden zu werden?« Meribah sah Serena in die Augen und bedauerte plötzlich ihren Ausbruch.

»Nein, nein! Nie!« flüsterte Serena und schüttelte den Kopf.

Meribah fühlte, daß Serena mit ihr, mit ihnen litt, und wechselte schnell das Thema. »Ich wollte gar nicht darüber reden. Aber ich möchte dich um etwas bitten – um einen Gefallen.«

»Alles, was du willst.«

»Darf ich in deinen Spiegel schauen? Ich möchte nur . . .«

»Aber natürlich. Er liegt dort in der Hutschachtel.«

Meribah holte ihn. Sie hatte sich schon oft in Serenas

Spiegel betrachtet, doch diesmal spürte sie ein merkwürdiges Kribbeln im Magen, bevor sie ihn hochhielt. Sie hatte Sommersprossen auf der Nase, und Wangen und Stirn waren gebräunt.

»Immer wieder hab ich dir gesagt, Meribah, du sollst den großen Hut aufsetzen. Diese Amische-Hauben geben noch nicht einmal genug Schatten für eine Maus. Jetzt bist du so braun wie ein Indianer.« Sie hatte kalkige Spuren in den Mundwinkeln, an der Unterlippe und unter der Nase und wischte sie rasch weg. »Wenn wir in Kalifornien sind, Meribah, müssen wir deine Schönheitspflege ernster nehmen.«

»Worum geht's?« Mrs. Billings war hereingekommen. »Siehst du«, sie tätschelte Meribahs Hand, »ich habe gleich gewußt, daß du Serena aufmuntern kannst.«

»Sieh dir nur Meribahs Teint an, Mutter! Dauernd hab ich sie gewarnt!«

Mrs. Billings faßte Meribah am Kinn und betrachtete prüfend ihr Geischt. »Oje, oje! Wir müssen deine Haut bleichen.«

Meribah schauderte. »Ich werde den Hut aufsetzen.«

»Das genügt nicht, oder, Mutter? Milchbäder brauchst du, wenn wir in Kalifornien sind.«

»Und Gurken, wenn wir sie kriegen können.« Mrs. Billings hielt immer noch Meribahs Kinn, drehte ihren Kopf von einer Seite zur anderen und stieß mißbilligende Laute aus. »Oje! Wie schade! Meribah, hör zu, ich will dir einen Rat geben. Es hat nichts mit Eitelkeit zu tun, wenn man sich einen zarten Teint erhält, ob Amische oder nicht. Ein blasser Teint ist schicklich für eine junge Dame. Es ist einfach nicht zivilisiert, braun und gesprenkelt im Gesicht zu sein. Da geben mir die Amische bestimmt ebenso recht wie die Episkopalen.«

Davon war auch Meribah überzeugt, und sie konnte sich vorstellen, daß ihre Mutter Mrs. Billings zustimmen würde. Aber dieses Wort »zivilisiert« verwirrte sie. Eigentlich gefielen ihr die Sommersprossen auf Nase und Backen.

Der Wagen hatte auf einer Anhöhe gehalten, und als Meribah hinaussprang, sah sie das Tal flach vor sich liegen. Die senkrechten Schnörkel am Horizont waren jetzt als dunkle Felstürme zu erkennen, die sich zerklüftet und wild vom Himmel abhoben.

»Das dort drüben«, Mr. Billings deutete hinüber, »muß Court House Rock sein. Und wenn das stimmt, sind wir kurz vor der Steilstrecke. Ich wünschte, wir brächten sie heute abend hinter uns.«

»Nun, wir bleiben hier, Wrentham. Warum machst du nicht einen Spaziergang und suchst nach Schätzen? Vielleicht findest du diese wertvolle Uhr.« Mrs. Billings sprach wie zu einem schmollenden Kind, das wegen einer Kleinigkeit enttäuscht ist.

»Gute Idee.« Mr. Billings war fasziniert von dem, was andere weggeworfen hatten. Er durchsuchte das Weggeworfene mit fast wissenschaftlicher Genauigkeit und kam immer mit einem Hutvoll Krimskrams und anschaulichen Berichten von den Fundstätten zurück. Gestern hatte er eine Uhrkette gefunden, die seiner Meinung nach wertvoll war. Er glaubte, einem »respektablen Haushalt« auf der Spur zu sein, einer »Familie von Format«. Verschwendung und mutwillige Zerstörung schienen ihn nicht zu beunruhigen. Er betrachtete die Scherben als Teile eines großartigen Rätselmosaiks.

Die Radreparatur war eine mühsame, schweißtreibende und schmutzige Arbeit. Zum Teerkochen mußten Feuer unterhalten werden, Lumpen wurden in Öl eingeweicht.

»Was meinen Sie, Will? Wie lange wird das dauern?« fragte Captain Griffith Meribahs Vater, der inzwischen der anerkannte Wagner der Gruppe geworden war. Dr. Forkert, Mr. James und Mr. Wickham standen hinter Will und schauten ihm über die Schulter, während er mit der Hand über die Nabenbänder fuhr.

»Alle Räder müssen gründlich durchtränkt werden. Es hat keinen Sinn, sie kurz ins Wasser zu legen und zu teeren und dann wieder in dieser Hitze weiterrollen zu lassen.

Wenn sie über Nacht auskühlen können, halten sie Teer und Öl viel besser.«

»Dann schlagen wir hier unser Lager auf.« Captain Griffith verließ sich in diesen Dingen auf Will Simons Urteil. »Wir wollen nicht riskieren, daß uns die Räder an der Steilstelle auseinanderbrechen.«

Da Meribah nichts helfen konnte, nahm sie Skizzenbuch und Kreiden und ließ Feuer, Unrat, tote Ochsen und Alkalispuren hinter sich.

Bald fand sie die richtige Stelle. Es war ein schroffer Felsen, der wie ein Stapel immer kleiner werdender Tischplatten emporragte. Sie kam so leicht hinauf wie auf einer Treppe. Oben lief der Fels in einer Spitze aus, doch sie nahm an, daß auf der anderen Seite, dem Tal zugewandt, ein Platz zum Sitzen sein könnte. Die oberen Felsstufen waren kaum so breit wie ein Schuh, und sie mußte sich an den Stein pressen und Zentimeter um Zentimeter mit den Füßen abtasten, bis sie langsam um die Ecke war. Hier sah sie eine perfekte Nische mit glatter Oberfläche, von einem Überhang beschattet, unter der ein Sims wie ein Schemel aus dem Boden ragte. Sie band die Stofftasche mit den Zeichensachen, die sie um die Taille getragen hatte, los, warf sie in die Höhlung und kletterte hinterher. Vor ihr breitete sich das flache, blaue, friedliche Tal nach Westen aus. Der Nordlauf des Platte wand sich in eleganter Linie hindurch; von hier aus konte sie nicht sehen, wo er Wasser führte. In der Ferne stieg eine dicke, blaue Rauchsäule auf, wohl von einem Lagerfeuer der Indianer. Hier waren die Cheyenne zu Hause, und Meribah stellte sie sich schlank und bronzefarben vor, mit weißem Beinschutz und Mokassins, die Wangen mit roten Streifen bemalt.

Aus ihrem Felsennest hoch oben überblickte Meribah alles. Sie erträumte, erfand sich das Land, das vor ihr lag. Die weißen Salzkrusten und -venen wurden zu zartem Filigran. Die Felsen wirkten nicht mehr schroff, sie glichen den stolzen Türmen von Märchenschlössern. Mondfee! Plötzlich mußte Meribah an die anmutige Puppe denken.

Einmal – es kam ihr vor, als wäre es tausend Jahre her – hatte sie am Bach aus Steinen und Kieseln ein Schloß für Mondfee gebaut. Bei einem ihrer Besuche auf der Erde hatte Mondfee dort die Nacht zugebracht. Meribah fragte sich, ob Liesel, tausend Meilen entfernt, jetzt mit den Puppen spielte. Es war kaum zu glauben, daß auch sie einmal Puppen angezogen, Schlösser gebaut und sie zerstört hatte. Sie dachte an den Osten und schaute in den Westen. Zeit und Raum vermischten sich seltsam, und Meribah überlegte, wer sie gewesen war, wer sie sein würde und welche Verbindung zwischen den beiden Personen bestand.

Zuerst klang es wie Gemurmel, unterdrückt und gleichmäßig. In ihrem Felsennest spürte sie ein Beben, dann hörte sie fernes Donnergrollen. Meribah beugte sich vor und sah mit zusammengekniffenen Augen zum Horizont. Westlich des Lagers hob sich plötzlich ein dunkler Punkt vom Land ab, wurde zu einem Fleck, dann zu einem Meer, das wogend und brüllend von Norden hereinbrach. Der Talboden zitterte, als tausend Büffel über die Erde stampften. Ungläubig sah Meribah die Herde in einer einzigen schwarzen Linie vorbeirasen, sie hielt den Atem an und fürchtete hoch über dem dampfenden Land, ihr Felsennest würde zerfallen.

Staub stieg überall auf und hüllte alles ein bis auf den Himmel. Meribah wartete still, bis ihre Welt wieder auftauchte.

Endlich sank der Staub. Sie konnte wieder die Felstürme sehen, die Wagen, die Feuer zum Teeren, die Menschen, die langsam um die Feuer kreisten. Eine Gestalt, die weiß und leicht wie eine Pusteblume in ihr Gesichtsfeld flog, erkannte sie plötzlich: Serena! Ein Mann ging neben ihr, entweder Mr. Billings oder Mr. Wickham. Meribah hoffte, es sei Mr. Wickham. Sie entfernten sich vom Weg; wahrscheinlich war es Mr. Wickham, und sie suchten einen Platz zum Zeichnen. Im trockenen Flußbett bahnte sich jemand einen Weg über Steine und Weggeworfenes. Vermutlich Mr. Billings auf seiner Schatzsuche. Meribah machte ein Spiel daraus, von hier oben aus die Leute zu erkennen. Die am Feuer mußten ihr Vater, die McSwats, Dr. Forkert, Mr. James, die Whitings und vielleicht Mr. Moxley sein, denn ein Mann saß auf einem Packpferd. In der Ferne, mehrere Flußbiegungen weiter, sah sie einen anderen Wagenzug dem Chimney Rock zustreben.

»Hochzeitsglocken!« hatte Mrs. Billings gesagt. »Vielleicht hören wir in Kalifornien Hochzeitsglocken.« Meribah dachte daran, als sie, die Tasche um die Taille gebunden, abstieg. Sie hatte noch nie Hochzeitsglocken gehört. Bei den Hochzeiten der Amische waren sie unbekannt.

»Ihr könnt es weder essen noch pflanzen, und nachts hält es Euch nicht warm. Ihr könnt es nur horten oder ausgeben.«

Will lachte.

»Ausgeben!« sagte Mr. Moxley gut gelaunt.

»Besser als horten. Da bin ich Eurer Meinung.«

Meribah kam, als das Gespräch in vollem Gang war. Ihr Vater bemerkte sie gar nicht. Er mochte Mr. Moxley sehr, hatte aber selten Gelegenheit, sich mit ihm zu unterhalten, weil der Scout meistens vorausritt. Er war lebhaft und lustig und liebte Witze und Diskussionen ebenso wie das Gold. Wenigstens behauptete er das.

»Als Bauer liegt mir daran, der Erde etwas von dem zurückzugeben, was ich aus ihr heraushole, damit es wieder wachsen kann«, sagte Will. Meribah dachte an den Sack Saatkartoffeln im Wagen.

»Als Verschwender denke ich nicht an morgen«, sagte Mr. Moxley, »und auch nicht daran, Gold in die Erde oder in die Banken zu legen! Wer sein Gold hortet, wird böse. Geiz läßt den Geist verkümmern, verdirbt die Laune, ruiniert die Leber, ist schlecht für den Darm und verstopft die Seele. Verschwendung dagegen verhindert Schwachsinn, stärkt die Manneskraft und hemmt das Verkalken.«

Meribah mußte laut lachen.

»Meribah! Wo seid Ihr gewesen?« Will war es offenbar nicht recht, daß seine Tochter Mr. Moxleys drastische Ausführungen gehört hatte.

»Entschuldigen Sie meine Ausdrucksweise, Miss Meribah.«

»Oh, sie hat mir Spaß gemacht.«

»Wo seid Ihr gewesen?«

»Dort drüben.« Sie machte eine Kopfbewegung.

»Habt Ihr die Büffel gesehen?«

»Und ob!«

»Phantastisch!« sagte Mr. Moxley.

»Wie steht es mit den Rädern?«

»Die meisten sind so gut wie fertig. Aber wir fahren erst morgen weiter nach Ash Hollow. Mr. Moxley ist schon dort gewesen.«

»Ziemlich steil«, sagte Moxley ernst. »Wir werden den ganzen Tag brauchen, um diese zweihundert Meter hinauf zu schaffen. Und das ist noch nicht das Schlimmste. Der Weg hinunter ist fast senkrecht. Ihr Pa hat recht. Diese Räder müssen heute nacht auskühlen. Ein bißchen Frost würde ihnen guttun.«

»Wir brechen vor Sonnenaufgang auf – kaltes Frühstück. Also geht heute früh schlafen, Meribah. Ich muß jetzt die Deichseln und Geschirre überprüfen.«

Meribah hatte noch hundert Fragen wegen der Steilstrecke, doch ihr Vater wußte die Antworten wahrscheinlich ebensowenig wie sie, außerdem wollte er an die Arbeit.

»Dann gehe ich und helfe Mrs. Whiting mit dem Abendessen.«

»Ja, wir müssen zeitig essen. Mr. Moxley, leistet Ihr uns Gesellschaft?«

»Gern. Mit dem größten Vergnügen.«

Es gab Schweinefleisch und Bohnen, Büffelfleisch, Brötchen, Bohnensuppe, Kompott aus Dörräpfeln und Auflauf zum Nachtisch. Henrietta Whiting bestand darauf, daß für zwei Tage im voraus gekocht wurde, denn der Himmel mochte wissen, an welcher Klippe sie morgen um diese Zeit hingen, hungrig und ohne Möglichkeit zum Kochen.

»Zwei Tage! Das sieht aus, als würde es zwei Monate reichen!« rief Mr. Moxley und nahm sich noch eine Portion Auflauf. »Wir werden noch in Kalifornien von den Resten dieses köstlichen Mahls essen.«

»Köstlich ist es dann kaum noch«, sagte Henrietta trokken.

Trotz des guten Essens und der Scherze beim Gespräch spürte Meribah eine Spannung in der Luft, die das ganze Lager betraf. Es war, als stärkten sich die Leute für die Steilstrecke, bei der zwei Gespanne einen Wagen hinaufziehen mußten. Trotz aller Überprüfungen hatte jeder Angst, ein Glied in der Kette könne brechen. Wenn plötzlich eine Deichsel brach oder ein Riemen riß, konnte das eine Lawine von Wagen, Ochsen und Menschen auslösen, die über eine Felswand stürzten.

Als sie beim Abwasch waren, kam Serena vorbei.

»Geht es dir besser?«

»Ja, viel besser. Ich will noch ein bißchen spazierengehen.«

Ihre Augen strahlten. Meribah wußte sofort, wer sie begleiten würde.

»Bleib nicht zu lange«, warnte Mrs. Whiting. »Morgen ist der große Tag. Wir brechen vor Sonnenaufgang auf.«

Kaum war Serena davongegangen, kam Mrs. Billings. In ihrem Gesicht spiegelten sich Freude und Erregung.

»In welche Richtung sind sie gegangen?« Sie packte Meribah an der Hand.

»Serena? Dorthin.«

»Aber wir haben ihr gesagt, sie soll nicht zu lange bleiben«, sagte Mrs. Whiting, »wegen morgen und der Steilstrecke, wo wir die Doppelgespanne brauchen.«

»Das sind nicht die einzigen Doppelgespanne!« trällerte Mrs. Billings und kicherte über ihren eigenen Witz. »Meine Damen, ich kann mich kaum mehr zurückhalten –

jedenfalls glaube ich, Sie werden bald eine wichtige Neuigkeit hören!«

»Was meinen Sie damit?« fragte Meribah.

»Was ich meine, Liebes? Serena und Mr. Wickham natürlich! Vor einer Stunde hat sie einen hinreißenden Brief von ihm bekommen mit der Bitte, ihn am Fluß zu treffen. Und davor ist sie auch mit ihm spazierengegangen . . .« Mrs. Billings zählte unermüdlich die winzigen Ereignisse auf, die diese Neuigkeit vorbereiteten. »Und nach diesem Spaziergang, als er wußte, daß sie sich genug erholt hatte, um seinen Antrag anzunehmen, bat er sie um ein neues Treffen. Wissen Sie, Mr. Billings – oh, manchmal ist er so naiv – ist vorher dauernd zu ihnen gelaufen und hat ihnen die Funde seiner idiotischen Schatzsuche gezeigt.«

»Ich muß schon sagen!« brummte Henrietta Whiting, »die beiden brauchen viele Spaziergänge in dieser gottverlassenen Gegend für nichts als einen Heiratsantrag.«

»Sie können sich darauf verlassen, das ist der letzte zu diesem Zweck. Ich habe dafür gesorgt, daß Mr. Billings im Zelt auf Mr. Wickham wartet. Oh, er ist ein so bezaubernder junger Mann!«

Vor lauter Freude darüber, daß Serena Alex Wickham heiraten würde, konnte Mrs. Billings sich nicht mehr zügeln. Mrs. Whiting verzog das Gesicht bei der Aufzählung von Mr. Wickhams zahlreichen Qualitäten, zu denen auch erstklassige Erziehung, Verbindungen und guter familiärer Hintergrund gehörten. Mrs. Billings sprach von einer »blendenden Partie« und wünschte nur, ganz Philadelphia könne dabeisein. Und wenn sie sich Serena im Wickhamschen Landhaus bei London vorstellte, war sie über die Entfernung getröstet. Und wer weiß – wenn Mr. Billings diese »Goldgeschichte« hinter sich gebracht hatte, ließen sie sich vielleicht alle dort nieder! Welches Glück! Nie hätte sie sich so etwas träumen lassen, als sie an jenem schwarzen Tag von Philadelphia weggegangen waren.

Schwarzer Tag, dachte Meribah, als sie auf ihrem Strohsack lag und hinten aus dem Wagen schaute. Es war acht, die Sonne ging gerade unter. Will schlief schon. Sie hatte sich oft gefragt, warum die Billings Philadelphia verlassen hatten – die Bälle, den Salon, das Musikzimmer, den Stadtclub, Großmamas Wintergarten. Ihr Vater hatte von finanziellen Schwierigkeiten gesprochen. Darunter stellte sich Meribah zwar etwas Ernstes, aber fast Technisches vor, das zu reparieren war wie ein Wagen oder landwirtschaftliche Geräte. Doch als Mrs. Billings »jenen schwarzen Tag« erwähnte, hatte Meribah plötzlich eine Ahnung von etwas ganz anderem, von etwas Unwiderruflichem und Nicht-mehr-gut-zu-Machendem, das jenseits aller materiellen Verluste lag.

Sie sah hinaus in die Nacht, doch ihre Gedanken kreisten bald um die Steilstrecke. Es würde gefährlich werden. Holz und Eisen, tierische Kraft und menschlicher Verstand mußten zusammenwirken und waren voneinander abhängig. Zu ihrem Wagen hatte sie Vertrauen. Sie wußte, daß ihre Ochsen in gutem Zustand waren. Ihr Joch war aus hartem Kiefernholz, das Geschirr aus Hickory. Aber manche Leute hatten gelbes Pappelholz verwendet, das splitterte, wenn es ausgetrocknet war. Je mehr Meribah nachdachte, um so besorgter wurde sie. Welches Gespann würde wohl mit ihrem zusammengetan werden? Sie dachte an Mrs. Billings' Witz über das Doppelgespann, den sie nicht gleich verstanden hatte. Aber das mochte so schlimm wie eine Heirat sein, überlegte sie – mit einem Gespann zusammenarbeiten zu müssen, das schlechtes Holz im Geschirr hatte. Sie sah geradezu vor sich, wie sie die fast senkrechte Straße hinunterrasten, wie das Holz brach und die Ochsen durcheinanderstürzten.

»Habt Vertrauen, Meribah!« Sie fiel fast vom Strohsack, als sie ihres Vaters Stimme hörte.

»Seid Ihr wach?«

»Wenn Ihr Euch im stillen Sorgen macht, kann kein Tauber mehr schlafen!«

»Ich kann es nicht ändern.«

»Eben darauf kommt es an. Ihr könnt es nicht ändern. Also habt Vertrauen. Wir haben getan, was wir können.«

»Und wenn jemand gelbe Pappel und Sassafras für das Geschirr genommen hat?«

»Das ist die schlimmste Holzkombination, die man sich vorstellen kann. Niemand hat so was.«

»Das könnt Ihr nicht wissen.«

»Ihr werdet vorlaut.«

»Aber Pa! Manche Geschirre – zum Beispiel die von den McSwats – sind so dunkel bemalt und verfleckt, daß niemand sehen kann, woraus sie gemacht sind.«

»Meribah.« Will stützte sich auf den Ellbogen und sah seine Tochter an. »Ihr müßt Vertrauen haben!«

Meribah spürte, wie sie still wurde. Sie lag ganz ruhig.

»Wißt Ihr, was Vertrauen ist?«

»Glaube?«

»Glaube an das, was Ihr nicht sehen könnt! Vertrauen unterscheidet uns von den Tieren.« Dann sagte er leiser, fast verschwörerisch: »Dieser Glaube macht uns menschlich! Ihr müßt Vertrauen haben. Und jetzt schlaft und vertraut!«

Zerrissene Nacht

Sie wußte nicht, wie lange sie geschlafen hatte, doch es war pechschwarze Nacht, als sie die ersten unterdrückten, angespannten Stimmen hörte. Sie schaute hinauf zum Riß in der Plane. Der Himmel war dunkel und sternenlos.

»Pa!«

Keine Antwort. Sie setzte sich auf. Er lag nicht auf seinem Strohsack. Von draußen hörte sie Wörter, halbe Sätze.

»In welcher Richtung sind sie . . . Keine Spur von den Timms . . . Hat immer eine Pistole dabei . . . Ein Suchtrupp . . . Wenn nicht bei Tagesanbruch . . .«

Plötzlich tauchte Wills Kopf am Wagenende auf.

»Was ist los, Pa?«

»Bleibt hier! Mrs. Whiting kommt gleich.«

Meribah sprang auf und zog sich gerade an, als Henrietta Whiting in den Wagen stieg. Sie hatte Röcke und Schals über ihr Nachthemd geworfen und trug immer noch ihre Schlafhaube, so daß sie aussah wie ein Wäschebündel. Sie sagte kein Wort, drehte sich sofort um und schaute hinaus. Meribah sah von Henry nur die Hände, die er um die Hüften seiner Frau gelegt hatte. Vom heiseren Geflüster der beiden waren wieder nur Bruchteile und Halbsätze zu verstehen.

»Nichts sagen . . . Kein Grund, das Kind . . . Ja, ich geb schon acht . . . Denk an die Klapperschlangen . . . Sie wird schon wissen . . . Kann nichts wissen . . . Meribah soll es nicht wissen ... Geht Mr. Billings? ... Sag mir Bescheid ... beim Morgengrauen alles vorbei.«

Seufzend ließ sich Mrs. Whiting auf Wills Strohsack fallen. »Das arme Ding«, rief sie. »Wenn ich nur dran denke, wie Mrs. ....« Dann schwieg sie plötzlich, und ihr Gesicht wurde ausdruckslos, als sie streng sagte: »Ich bleibe bei dir, bis die Männer zurückkommen. Stell mir keine Fragen, Meribah!«

»Mrs. Whiting, Sie müssen mir sagen, was passiert ist. Wohin gehen die Männer? Was ist los?«

»Ich kann's dir nicht sagen.«

»Sie wollen nicht!«

»Dein Vater will es nicht.«

»Ich will es wissen! Ich bin kein Baby!«

»Oh, Meribah!« sagte Henrietta gereizt. »Ich weiß selbst noch nicht, was wirklich passiert ist.«

»Dann sagen Sie mir wenigstens, was Sie wissen. Es hat mit Serena zu tun, nicht wahr?«

Mrs. Whiting kniff Mund und Augen zusammen, als wollte sie ihr Gesicht verschließen.

Meribah wurde verzweifelt. Sie packte die runden Schultern und schüttelte Henrietta heftig. »Wenn Sie mir nicht sagen, was mit Serena passiert ist, gehe ich hinaus und frag die andern.«

In diesem Moment rief draußen jemand: »Sind sie's?« Meribah glaubte, Mrs. Billings' schrille, entsetzte Stimme zu erkennen. Sie und Mrs. Whiting schauten durch die Öffnung hinaus.

»Wickham!« rief ein anderer. »Es ist Wickham! Schnell, holt den Arzt. Er ist verletzt ... O nein! Nein! Nein!«

»Serena!« Das war Mr. Billings. »Wo ist Serena?«

»Lassen Sie ihn in Ruhe, Billings«, sagte Dr. Forkert. »Sie sehen doch, er ist kaum bei sich.«

Meribah sprang aus dem Wagen und trat ein paar Schritte zurück. Mr. Wickham saß zusammengesunken auf dem Boden, Mr. James und Dr. Forkert stützten ihn. An Hosenbein und Stiefel sah man Blut.

»Wie schafft man es, eine Kugel in den Fuß zu kriegen?« flüsterte Mrs. Barker hörbar ihrem Mann zu.

»Man läuft weg«, sagte eine Stimme in der Dunkelheit hinter Meribah.

Mrs. Billings machte sich vom Griff ihres Mannes los. »In Gottes Namen, Mr. Wickham«, rief sie, »wo haben Sie unsere Tochter gelassen?«

Mr. Wickham stöhnte. »Sie hat mich verlassen, Madam. Sie hat mich aus freien Stücken verlassen.«

»Sind Sie verrückt?« schrie Mrs. Billings. »Wo wollte sie denn hin in einer solchen Nacht?«

»Sie hat es nicht böse gemeint«, flüsterte Mr. Wickham. »Bestimmt nicht.«

Die Gruppe schwieg. Die Stimmung hatte sich verändert, Meribah konnte nicht deuten, wie.

Mr. Wickhams Blick huschte nervös über die Leute, die auf ihn herunterstarrten, bis er Captain Griffith sah.

»Es waren die Timms«, stammelte Mr. Wickham.

Man hörte unterdrückte Ausrufe, und Mrs. Billings schlug beide Hände vor den Mund.

»Am Anfang hat sie mich nur geneckt, sie wollte mich eifersüchtig machen, mehr war bestimmt nicht dahinter. Aber die Timms ... es wurde widerlich, die Situation wuchs ihr über den Kopf, und als ich ihnen Einhalt gebieten wollte ...« Mr. Wickham deutete auf seinen Fuß.

»Wo ist Ihre Pistole, Mr. Wickham?« fragte Captain Griffith ruhig.

»Dort draußen. Ich wollte ihr Feuer erwidern, aber wegen Serena wagte ich nicht zu schießen.« Mr. Wickham stöhnte und ließ sich gegen Mr. James' Schulter sinken.

»Lügner«, flüsterte Mrs. Billings. »Lügner!« schrie sie und wandte sich an Griffith: »Wir müssen sie suchen. Mein Gott, wir müssen sie jetzt suchen.«

Meribah schaute sich um und sah, daß nur wenige in der Gruppe dafür waren. Ihr Herz klopfte heftig, und plötzlich fühlte sie sich getrennt von ihnen und hatte Angst.

Captain Griffith hatte sich entschieden. »Morgen früh

suchen wir nach ihr, sobald es hell ist. Aber lange können wir uns nicht aufhalten.« Er drehte sich um und ging davon.

»Wrentham?« flehte Mrs. Billings ihren Mann an.

Er nahm ihren Arm, Mr. Barker stützte sie auf der anderen Seite, und so ließ sie sich widerstrebend wegführen.

Meribah wußte immer noch nicht genau, was geschah. Verwirrt betrachtete sie die Menschen, mit denen sie seit Wochen unterwegs war, und spürte so etwas wie einen schrecklichen Sog, der ihr den Boden unter den Füßen nehmen wollte.

»Na bitte! Wer hoch steht, der fällt auch tief!« sagte Mrs. Whiting fast triumphierend und schaute zum Wagen der Billings.

»Da haben Sie recht, Henrietta.« Zum ersten Mal nannte Mrs. Barker Mrs. Whiting beim Vornamen. »Kommen Sie doch und trinken Sie mit Eliza Gray und mir eine Tasse Tee. Ich glaube, wir können es brauchen.«

»Aber gern.«

»Mrs. McSwat, wie wär's mit einer Tasse Tee?«

»Nein, danke. Ich muß zu meinem Baby.«

»Sie erziehen die Kleine sicher richtig«, sagte Mrs. Barker.

Was war los? Meribah war bestürzt. Nach allem, was man wußte, konnte Serena tot sein, doch plötzlich lud Mrs. Barker, die sich an niemand außer Mrs. Gray angeschlossen hatte, Mrs. Whiting und Mrs. McSwat zum Tee ein. Und kein Mensch sprach von den Timms. Nur Serena interessierte sie. Satzfetzen über Serenas Benehmen flogen durch die Luft – »unvorstellbar«, obwohl es sich alle anscheinend sehr gut vorstellen konnten und es »schockierend« fanden. Jemand bezeichnete sie als »das Flittchen von Philly«, und es wurde verstohlen gelacht.

»Lügen, Meribah.« Ihr Vater stand hinter ihr. »Sie lügen, weil sie sich fürchten – das ist einfacher, als den Timms nachzujagen. Sie haben ihre Sünderin gefunden, haben über sie Gericht gehalten und ihr Urteil gesprochen.«

Meribah wußte, daß ihr Vater recht hatte.

Sie, Will und Mr. Moxley standen schweigend am Wagen.

»Wir suchen sie jetzt«, sagte Mr. Moxley plötzlich. Ohne ein weiteres Wort gingen sie hinaus in die Nacht.

Vor Tagesanbruch, gerade bevor die Nacht zu Grau zerschmolz, entdeckte Meribah sie. Wie ein verwehtes Blatt aus einer anderen Jahreszeit, einem anderen Ort wurde sie über einen Hügel getrieben, so leicht und trocken, so richtungslos, als trüge sie der Wind. »Serena! Serena!« Doch Serena starrte ausdruckslos irgendwohin. Als sie nur ein paar Meter von ihr entfernt war, kamen Will und Mr. Moxley näher.

»Hier ist sie!« rief Meribah.

Die beiden Männer liefen auf Serena zu und packten sie an den Armen. Das Mädchen stieß einen schrecklichen Laut aus, der wie ein tiefes Krächzen klang: »Weg! Weg! Weg!« Will, Mr. Moxley und Meribah wichen zurück und schauten sie wie betäubt vor Entsetzen an. Vor ihren Augen hatte sich Serena in ein panisch zitterndes, gehetztes Wesen verwandelt.

»Wir müssen etwas tun«, flüsterte Mr. Moxley.

»Sie läßt niemand an sich heran«, sagte Will. »Sie ist wie ein verwundetes Tier.«

Meribah konnte sich nicht rühren vor Angst. Serenas Wange war zerkratzt, ihr Kleid zerrissen. Ein Krampf schüttelte ihren Körper. Meribah sah alles – den dünnen Speichelfaden am inneren Mundwinkel, den lose hängenden Kamm, die schmutzigen, abgebrochenen Fingernägel, das zerrissene Leibchen, an dem ein Knopf an einem einzigen Faden hing, den zerfetzten Saum, den großen Riß vorn im Kleid. Meribah wollte Serena die Hand entgegenstrecken, doch allein der Gedanke, sie zu berühren, entsetzte sie.

»Serena!« Mrs. Billings kam vom Lager hergelaufen. Sie umschlang Serena und drückte sie fest an sich. »Gehen Sie weg! Gehen Sie weg!« Halb schleppte, halb stützte sie Serena und flüsterte ihr beruhigende Worte ins Ohr. Meribah hätte sie gern verstanden, auch ihr Ohr verlangte nach solchen Lauten.

»Also das ist doch . . .« Mrs. Whiting griff fest nach Meribahs Hand und führte sie den Hang hinunter. »So was ist nichts für ein Kind. Komm mit.« Meribah folgte.

Über die Kluft

Hundert Meter vor dem bis jetzt steilsten Aufstieg auf der Straße nach Ash Hollow schirrten die Simons ihr Gespann mit dem der Whitings zusammen. Jedes Doppelgespann mußte die Strecke zweimal zurücklegen, einmal mit dem eigenen Wagen, dann mit dem anderen. Alle stiegen ab, damit die Wagen so leicht wie möglich waren, die Fahrer gingen neben dem vorderen Gespann her. Doch Serena blieb drinnen, und niemand schien sich darüber zu wundern. Mrs. Billings ging dicht hinter dem Wagen und redete leise und beschwichtigend auf ihre Tochter ein. Will bat sie, mehr Abstand zu halten. Wenn es zu einem Unfall kam, wenn ein Joch brach, ein Ochse stolperte, wenn der Wagen plötzlich zurückrutschte, könnte sie getötet werden. Aber alles ging gut auf der Steilstrecke. Und Meribah, die sich solche Sorgen um diesen Teil der Reise gemacht hatte, konnte sich später kaum an den Aufstieg oder Abstieg bei Ash Hollow erinnern.

Vor langer Zeit hatte sie einmal Wurstfett auf eine Fensterscheibe gerieben, um Liesel zu zeigen, wie hübsch und verschwommen dann die Butterblumen vor dem Haus in der Sonne aussahen. So kamen ihr immer diese beiden Tage vor – nicht hübsch, aber verschwommen, mit undeutlichen Farben und Lauten.

Court House Rock, Chimney Rock, Cathedral Rock, alle die Felsen erschienen ihr unwirklich, wie Flammenzungen über dem Land. Flüchtig vermerkte sie die Namen auf ihrer Karte. Sie stieg noch nicht einmal aus dem Wagen, um die Aussicht auf Cathedral Rock zu bestaunen. Auch als Mrs. Whiting ihr sagte, Chimney Rock sei nur einen Katzensprung entfernt, ließ sie sich nicht überreden, bei einem Abendspaziergang ihren Namen in den Fels zu ritzen.

»Du versäumst die Wunder des Westens, Kind!«

»Fragen Sie, ob Serena mitgeht, dann komme ich vielleicht.«

»Sei nicht vorlaut, mein Fräulein!«

Das war drei Tage nach dem Vorfall. Meribah wußte immer noch nicht genau, was geschehen war. Die Leute im Treck bezeichneten diesen Vorfall als »es«. Die Timms waren mit ihren Pferden und dem Maultier einfach verschwunden und hatten ein allgemeines Gefühl der Erleichterung hinterlassen. Mr. Wickham mußte ein paar Tage im Wagen liegen, doch die Steilstrecke schaffte er zu Fuß, auf eine Krücke und Dr. Forkerts Schulter gestützt. Will hatte gesagt, Mr. Wickham habe nur eine Fleischwunde, doch welcher Art die Verletzung von Serena war, erfuhr Meribah nicht. Sie war überzeugt, daß sie entsetzlich war, ob man sie sehen konnte oder nicht, und weil Meribah nichts Genaues wußte, kam sie sich selbst verletzlich vor.

Sie hatten eine New Yorker Gruppe eingeholt, und Mrs. Whiting hatte in einer Mrs. Thompson eine neue Freundin gefunden. Wenn die zwei Frauen zusammen waren, sprachen sie häufig »davon«. Doch sobald Meribah in die Nähe kam, wechselten sie rasch das Thema, und durch diesen Themenwechsel und die Art, wie sie sie ansahen, bekam Meribah eine dumpfe Ahnung von dem, was Serena wirklich zugestoßen war. Oft drehte sich das Gespräch plötzlich um die Ehe, und Mrs. Whiting, die Meribah früher »Süße« oder auch »kleine Mutter« genannt hatte, begrüßte sie jetzt als »unsere Unschuld« oder »unser unverdorbenes kleines Mädchen«.

Sie bemutterte Meribah und stellte ihr lästige Fragen über Intimes, die Meribah auf keinen Fall beantworten wollte.

Eines Abends, als Meribah sich früh hingelegt hatte, hörte sie ihren Vater und Henry Whiting »davon« reden. Henry sagte, er bedauere »die Tragik einer gerechten Strafe«, und Meribah fand diese Wortzusammenstellung höchst verwirrend. Will war wohl der gleichen Meinung, denn er erklärte knapp: »Henry, so etwas wie die Tragik einer gerechten Strafe gibt es nicht. Entweder ist es tragisch oder eine gerechte Strafe. Jemand verdient es, oder er verdient es nicht. Und keine Frau verdient das. Es ist tragisch.«

Und wenn es tragisch war, was vor einer Woche und hundert Meilen sich ereignet hatte, dann hatten die Ereignisse jetzt für Meribah und Will etwas tragisch Vertrautes. Seit damals war Serena im Wagen oder im Zelt geblieben. Niemand außer ihrer Familie hatte sie gesehen. Zwischen den Billings und allen anderen in der Gruppe kam es kaum zu einer Berührung. Jeden Abend beobachtete Meribah, wie Mr. Billings sein Zelt aufschlug. Er hatte es inzwischen gelernt und brauchte die ununterbrochenen Anweisungen seiner Frau nicht mehr. Wenn es dunkel wurde, kam Serena aus dem Wagen, wo sie ihre Mahlzeiten einnahm, und lief rasch ins Zelt. Jeden Abend wartete Meribah darauf, daß Mr. Wickham das Kartenspiel mit seinen Freunden verließ und bei den Billings wie zuvor einen Besuch machte.

Am fünften Tag stand Meribah gerade vor Sonnenuntergang nicht weit vom Lagerfeuer, wo Mrs. Whiting Mrs. Thompson das Geheimnis ihrer knusprigen Brötchen enthüllte. Meribah schaute hinüber zum Wagen der Billings, der abseits von den anderen stand, und dachte an all die Ängste, die bisher den Treck auf dieser Fahrt begleitet hatten: Angst vor Indianern, Angst vor Dürre, vor mordlustigen Mormonen, Angst vor Cholera, Angst vor verdorbenem Wasser. Doch niemand hatte von dieser namenlosen

Angst gesprochen, die in den Wagen, in den Menschen war.

»Geht zu ihr, Meribah!«

»Pa! Was meint Ihr?«

»Was ich sage. Sie braucht Euch.«

»Sie braucht ihn«, sagte Meribah trotzig.

Will seufzte und schüttelte traurig den Kopf. »Er geht nicht. Aber ich gehe mit Euch, wenn das hilft – obwohl Ihr Serenas Freundin seid und es leichter für sie sein mag, wenn Ihr allein seid.«

Serena. Zum ersten Mal seit Tagen hatte jemand ihren Namen ausgesprochen. »Pa! Warum bin ich nicht längst zu ihr gegangen? Sie muß so einsam sein! Ich schäme mich!«

»Schämen! Mr. Simon, ich muß widersprechen. Nach dem, was vorgefallen ist, schickt es sich nicht, daß die kleine Meribah sie besucht.«

»Mrs. Whiting.« Steif vor Zorn drehte Meribah sich um. »Und ob ich sie besuche! Und ich werde Mr. Wickham fragen, ob er nicht mitgeht.«

»Meine liebe kleine Meribah.« Mrs. Whiting seufzte und umfaßte ihre Hände. »Du verstehst das offenbar nicht.«

»Ich fürchte, ich verstehe allmählich zuviel«, antwortete Meribah jetzt ohne eine Spur von Zorn.

»Du bist ein mutterloses Kind, und ich glaube, ich sollte . . .«

»Ihr vergeßt, Mrs. Whiting, daß ich Meribahs Vater bin.«

»Aber das ist Frauensache.«

»Ich begleite Meribah. Ich danke Euch für Eure Anteilnahme.«

»Oh, ich wollte Sie nicht verletzen . . .«

»Natürlich nicht. Laß uns gehen, Meribah.«

Mr. Thompson war gerade rechtzeitig gekommen, um Wrentham Billings am Kartentisch zu ersetzen. Er spielte viel besser als Mr. Billings und hatte innerhalb weniger Abend als Partner von Mr. Wickham beider Gewinne beträchtlich erhöht. Wickham sagte, das sei eine gewisse Entschädigung für die Schmerzen und Unannehmlichkeiten, die ihm seine Verletzung verursachte. Die Wunde brannte zwar noch, doch sie heilte gut. Dr. Forkert und Mr. James mißgönnten Mr. Wickham seinen Erfolg am Whisttisch nicht, auch sie schätzten Mr. Thompson als vierten Mitspieler.

Sie hatten gerade eine Runde beendet, als Will und Meribah herankamen.

»Ah!« rief Dr. Forkert. »Die Simons. Welche Freude an diesem schönen Abend.«

»Gewinnt Ihr schon?« fragte Will heiter.

»Noch nicht. Dieser Thompson ist ein Stratege.«

»Zu meinen Gunsten«, fügte Mr. Wickham hinzu, »denn ich bin kaum einer.«

»Aber, Mr. Wickham, Sie sind zu bescheiden«, sagte Mr. Thompson. »Sie haben einen sechsten Sinn, und das hilft. Die beste Strategie taugt nichts, wenn der Partner nicht mitzieht.«

»Oh, ich weiß, was Sie meinen.« Mr. Wickham verdrehte die Augen, Dr. Forkert und Mr. James lachten herzhaft.

Meribah ärgerte sich über die vergnügte Atmosphäre und fand Mr. Wickham widerlich. »Wir wollen Miss Serena besuchen. Und wir haben gedacht, vielleicht möchten Sie mitkommen, Mr. Wickham. Es ist ein schöner Abend, und . . .«

Mr. Wickham war plötzlich blaß geworden. Seine Lippen zuckten. »Nein. Nein«, sagte er. »Ich glaube nicht. Danke.«

Die anderen Männer schauten auf ihre Karten. War das alles, was er zu sagen hat? dachte Meribah.

»Wirklich nicht?« Das klang lahm.

»Ich glaube, Euer Besuch würde sie freuen«, sagte Will ruhig.

Jetzt wurde Mr. Wickham rot. »Ich glaube nicht, daß es richtig wäre.«

»Warum nicht?« fragte Meribah hartnäckig.

»Meribah!« Mr. Wickham sprang plötzlich erregt auf. »Du bist ein Kind und kannst diese Dinge nicht verstehen – dein Vater wohl. Die Situation hat sich verändert. Also hör auf damit. Habe . . . habe . . .« er fing an zu stottern – »habe ich mich deutlich ausgedrückt? Du weißt, daß man mir da draußen fast das Bein abgeschossen hat. Das reicht.«

»Ihr setzt Euch besser, Mr. Wickham«, sagte Will kalt. Er nahm Meribah bei der Hand, und sie gingen zum Wagen der Billings. Es war ein kurzer Weg, doch er kam Meribah endlos vor, und sie fühlte die Blicke jedes einzelnen auf ihrem Rücken. Captain Griffith, der immer in Bewegung war, blieb stehen und schaute ihnen nach. Die Whitings und Mrs. Thompson unterbrachen ihre Essensvorbereitungen und starrten sie an. Die McSwats, die Grays und die Barkers, selbst die Browns, die gerade zum Treck gestoßen waren, drehten die Köpfe nach ihnen. Dann waren sie endlich da.

»Oh!« war alles, was Mrs. Billings sagen konnte. »Oh!«

»Bitte, Mrs. Billings, darf ich Serena besuchen? Bitte. Sie – sie fehlt mir. Sie fehlt mir wirklich.«

Barbara Billings' Lippen wiederholten lautlos die Worte »fehlt mir«, da kam Serena heraus.

Sie sah wunderschön aus. Ihre Haut war so blaß wie Milch. Ihre Haare waren nicht mehr gelockt, sondern zu einem tiefen Knoten im Nacken gebunden. Und während Meribah ihre äußerliche Makellosigkeit bewunderte, begriff sie plötzlich die Wahrheit über ihre eigentliche Verletzung. Vergewaltigung. Sie hatte gehört, wie die anderen davon flüsterten – nicht in Holly Springs, auf dem Treck. Die Kehle wurde ihr eng, als sie verstand. Vergewaltigung. Sie trat einen Schritt zurück und biß sich auf die Lippe, wollte die Augen schließen und konnte doch den Blick nicht von diesem Bild der Vollkommenheit abwenden. Plötzlich spürte sie die Hand ihres Vaters auf dem Rücken, die sie vorwärts schob.

»Serena, Ihr habt Meribah gefehlt. Sie möchte ihre Freundin besuchen und mit ihr reden.«

Meribah nickte. Worüber sollte sie noch mit Serena reden? Jetzt war alles anders. Doch dann wurde sie ruhig. »Dort drüben sind ganze Felder von Sonnenblumen, Serena!«

»Ich habe mich verändert, Meribah.«

»Wir müssen sie nicht malen.«

»Ich bin anders geworden.«

»Aber Sonnenblumen sind immer noch Sonnenblumen – können wir sie nicht zusammen anschauen?« Tränen stiegen Meribah in die Augen. Sie blinzelte. »Wir haben schon lange keine Farben mehr gesehen. Bitte komm.« Sie trat vor und griff nach Serenas Hand.

Ein Schleier für zwei

Sie saßen auf einem Hügel und schauten über das Tal,
das von Sonnenblumen vergoldet war. Will saß nicht weit
entfernt. Meribah hielt immer noch Serenas Hand und redete von den Sonnenblumen. Sie wiederholte, was ihr
Vater gesagt hatte: daß alle nur möglichen Blumen am
Weg nach Westen blühten, weil die Wagen aus allen
Staaten in ihren Rädern, in Fell und Hufen der Tiere die
Pollen und Samen aus den heimischen Feldern mitbrach-
ten.

Serena, still und durchscheinend, sagte nichts. Als sie
zurückgingen, schaute sie Meribah ins Gesicht und hielt
noch einen Augenblick ihre Hand. Dann lief sie ins Zelt.

Ein Ritual entwickelte sich. Jeden Abend ging Meribah,
von Will begleitet, zuerst zum Whisttisch und bat Mr.
Wickham höflich mitzukommen. Ebenso höflich lehnte er
ab, und Vater und Tochter setzten ihren Weg zu Serena
fort. Sie wartete schon mit Schal und Hut, die behand-
schuhten Hände im Schoß gefaltet. Dann gingen sie ein
bißchen spazieren und suchten sich einen Ruheplatz.
Bald war es Meribah nicht mehr so wichtig, daß geredet
wurde. Wenn sie einfach Hand in Hand dasaßen und sich
an dem goldenen Licht freuten, hatte das seinen eigenen
Wert.

Einmal, am Fuß eines Felsens, nahm Meribah Serena
den Schal von den Schultern und legte ihn über ihre beiden Gesichter. Er fühlte sich an wie ein Blütenblatt, sie
schauten hindurch zum Laramie Peak und sahen, wie ihr

Atem den dünnen Schleier zwischen ihnen und dem schneegekrönten Berg bewegte. Meribah wußte, daß sie sich an diesen Augenblick erinnern würde, solange sie lebte.

»Hinkt er?«

»Wer?«

»Mr. Wickham.«

Meribah war verblüfft. Auf diesen Spaziergängen war Mr. Wickhams Name noch nie gefallen, und gerade hatten sie über Selleriesträuße geredet. Sie überlegte ein paar Sekunden lang. Diese Frage war einfach zu beantworten, aber was kam dann? Sie fürchtete, Serena würde noch mehr wissen wollen, und ihr fielen nur Bruchteile von Gesprächen zwischen ihrem Vater und Mr. Moxley ein. Sie hatten davon gesprochen, daß die Wunde merkwürdig sei und daß die Kugel nicht aus einer Pistole stamme, sondern aus einem anderen Revolver.

»Nun?«

»Ob er hinkt? Nein, eigentlich kaum. Natürlich habe ich ihn nicht viel herumgehen sehen.«

»Oh, vielleicht kann er gar nicht gehen. Dieses Gelände ist so rauh. Immer habe ich Angst, ich könnte mir die Knöchel verstauchen, dabei sind sie ganz stabil. Ist der Knochen gesplittert?«

Ungläubig sah Meribah Serena an. »Du meine Güte, nein! Es war nur eine Fleischwunde.«

»Es war bestimmt mehr. Ich habe fast den Knochen splittern hören.«

»Er wird sich jedenfalls erholen.«

»Mit der Zeit vielleicht, aber er hat für seinen Mut einen hohen Preis bezahlt«, sagte Serena verträumt. »So viel Blut. So viel Blut!« Sie sprach wie in Trance.

Als Meribah und Will vom ersten Spaziergang mit Serena zurückgekommen waren, hatten Mr. und Mrs. Whiting sie mit eisigem Schweigen erwartet, hinter dem sich weniger Zorn als Verlegenheit verbarg. Dann kehrte Meribah einmal allein zurück, weil Will noch mit Captain Griffith sprach, und Mrs. Whiting legte rasch den Löffel weg, mit dem sie im Eintopf gerührt hatte, Mr. Whiting ließ seine Schnitzarbeit sinken, und beide liefen auf sie zu.

Mrs. Whiting griff nach der Hand ihres Mannes. »Wir wollen dir etwas sagen, Meribah. Wir finden es nicht richtig, daß du mit ihr zusammen bist – um deinetwillen. Und wir finden es nicht richtig, daß dein Pa es erlaubt und dich noch dazu ermuntert. Aber wahrscheinlich mußt du es tun, weil du ihre Freundin bist. Uns haben diese eingebildeten Leute nie gefallen. Also, obwohl wir es nicht für richtig halten und beten, daß du keinen Schaden nimmst – äh . . .« Sie fing leise an zu weinen.

»Henrietta will sagen, daß wir dich trotzdem mögen und dir nichts vorwerfen, Meribah.«

Meribah war verwirrt, zornig und gerührt zugleich. In ihren verklemmten Gemütern hatten die Whitings für ein und dieselbe Sache sowohl Mitleid wie Schuldzuweisung, Beifall wie Mißbilligung gefunden. Es war erstaunlich!

Will kam gerade heran, als die Whitings mit ihrer Rede fertig waren. »Worum geht's?«

Verblüfft antwortete Meribah: »Sie sagen, sie mögen mich immer noch, auch wenn ich mit Serena spazierengehe.«

Will sah genauso verblüfft aus. Er konnte nur »Oh!« sagen und sich am Kopf kratzen.

Zu einem zweiten unerwarteten Ereignis kam es am nächsten Nachmittag. Als Meribah wie üblich mit ihrem Vater zum Whisttisch ging, sah sie, daß Mr. Wickham fehlte und Mr. Billings seinen Platz eingenommen hatte. Endlich mußte Mr. Wickham Serena wieder zum abendlichen Spaziergang eingeladen haben! In einer glitzernden Sekunde war die Welt wieder so, wie sie sein sollte! Meribah ging direkt zum Wagen der Billings und freute sich darauf, eine entzückte Mrs. Billings zu sehen und zwei Gestalten, die in der Nähe der weißen Sandsteinklippen lustwandelten.

Doch Serena wartete mit gefalteten Händen geduldig im

Wagen. Nichts hatte sich verändert, außer daß Wrentham Billings wieder Karten spielte.

Meribah wußte nicht, was sie davon halten sollte. Sie hatten einen Teich entdeckt. Meribah stand barfuß darin, während Serena am Ufer wartete. Plötzlich fing sie an zu zittern vor Zorn.

»Erzähl mir noch mal von den Selleriesträußen bei der Hochzeit der Amische, Meribah.« Serena fragte jetzt immer nach den Sitten der Amische.

Doch Meribah wandte sich ab, fiel im seichten Wasser auf die Knie und schlug mit den Fäusten auf einen glatten Stein. Immer wieder hämmerte sie auf ihn ein und fragte dabei mit erstickter Stimme: »Warum? Warum? Warum?«, bis das Wort keinen Sinn mehr hatte. Als sie schließlich aufschaute, stand Serena da mit zuckendem Mund und aufgerissenen Augen. »Du bist ganz naß, Meribah.«

Mr. Wickham begleitete sie nie. Er und Mr. Billings wechselten einander am Kartentisch ab. Wenn Mr. Billings nicht spielte, saß er dabei und nahm am heiteren Gespräch teil. Er war offenbar wieder ganz der alte, liebenswürdig und gut gelaunt. Die Spieler behandelten ihn herzlich, und er gab gutmütig zu, daß Mr. Thompson ein weitaus besserer Partner für Mr. Wickham war als er. Meribah hatte aufgegeben, Mr. Wickham um seine Gesellschaft zu bitten. Bei ihren Spaziergängen mit Serena blieb es. Sie nahmen nie Zeichenmaterial mit. Sie sprachen nie über Poesie.

Einmal saßen Meribah und Serena am Fuß einer steilen Kuppe. Wieder hatten sie den dünnen Schleier über ihre Gesichter gelegt, und diesmal schauten sie zum Himmel, als Serenas Vater plötzlich zu ihnen stieß. Offenbar war es ihm unangenehm, den beiden zu begegnen.

»Du meine Güte! Wen haben wir denn hier? Miss Meribah, das hübscheste Mädchen im Treck!« Er redete rasch und fand schnell seine Haltung wieder. »Sagen Sie, Miss Meribah, ist das ein Moskitonetz, was Sie da tragen, oder ein Brautschleier?«

»Wir tragen es beide, Serena und ich«, gab Meribah kühl zurück.

»Ja, allerdings.« Er warf einen flüchtigen Blick auf seine Tochter. »Vielleicht ist es ein Brautschleier für Sie, Meribah, und ein Moskitonetz für Serena.« Er drehte sich um, rief einen Gruß und ging davon.

Meribah saß wie erstarrt, bis eine leise Stimme sagte: »Mein Vater weiß nicht, daß die Amische keine Brautschleier tragen.«

Sternenriß

Als sie der Quelle des Platte-Nordlaufs näher kamen, wurde das Wasser wieder brackig. Meribah suchte am Horizont nach Zeichen für Wasser-Zwergzedern, Weiden oder Erlen. Doch es gab fast nur niedrigen, staubigen Beifuß, der wuchs, wo nichts anderes gedieh. Zwei Nächte mußten sie neben stinkenden Alkali-Teichen ihr Lager aufschlagen. Mr. Moxley, der vorausgeritten war, kam zurück mit der Nachricht, daß sie nach einer Tagesreise Sumpfland erreichen würden – Willow Spring mit gutem Wasser und viel Gras –, und von da bis zum Sweetwater-Fluß waren es nur noch zwei Tagesreisen.

Eines Nachts wachte Meribah auf und hörte, wie ihr Vater und Mr. Moxley direkt neben dem Wagen miteinander redeten. Sie schaute hinauf zu dem Riß in der Plane über sich, durch den die Sterne funkelten, und lauschte. Mr. Moxley sprach leise und erregt, ohne die gewohnte Fröhlichkeit.

»Will, ich habe Dinge gesehen, die ich nie geglaubt hätte, und ich dachte, ich sei auf alles vorbereitet. Aber manches kann ich einfach nicht hinnehmen.«

»Zum Beispiel?«

»Ich habe eine alte Frau gesehen, erst eine Stunde tot. An den Wegrand geworfen. Auf ihrer Brust hat eine dicke Klapperschlange geschlafen. Sie gehörte zur Gruppe aus Pittsburgh. Ich kenne sie von Fort Laramie her. Da war sie krank. Die Pittsburgher Gruppe ist vor einem halben Tag hier vorbeigekommen, und sie war, wie gesagt, erst eine

Stunde tot. Ich habe sie sofort erkannt in ihrem Baumwollkleid und mit der weißen Schute. Wie viele Gruppen und wie viele, die allein unterwegs waren, müssen sie gesehen haben, bevor sie starb?« Erregt hob er die Stimme. »Will, ich weiß, daß sechs Stunden vor mir die Gruppe aus Springfield und eine aus Boston dort durchgekommen sind. Und von uns waren die Barkers und die Grays vorausgefahren. Ich sage Ihnen, Will, manchmal reite ich übers Land und denke, das ist eine Geschichte, die ich einfach nicht begreife. Verstehen Sie, was ich meine?«

Meribah verstand ihn. Auch sie begriff manches nicht. Am Nachmittag hatte sie Mr. Billings beobachtet, wie er langsam zu seinem Wagen zurückging. Er trug eine Milchkanne, die sie ihm gerade für Mrs. Billings und Serena gefüllt hatte. Zuerst plauderte er mit Mrs. McSwat. Dabei nahm er den Deckel von der Kanne, trank einen Schluck und dann noch einen. Nach seiner Verbeugung vor Mrs. McSwat blieb er für ein Schwätzchen bei den Browns stehen, und wieder nahm er zwei Züge aus der Kanne. Sein nächster Halt war beim Herrenwagen, und erneut stärkte er sich aus der Milchkanne. Als Mr. Billings bei seinem Wagen ankam, war sie leer. Meribah sah es an der Art, wie er sie abstellte, noch mehr aber an Serenas Gesichtsausdruck.

Später kam Mr. Billings wieder und bat ziemlich kleinlaut noch mal um Milch. »Man hat mich beschuldigt, Babys die Milch zu stehlen. Mundraub. In den Augen meiner Frau ist das so schlimm wie Kindesmord.« Es klang wie ein Witz. »Ich muß zugeben, ich habe ganz vergessen, für wen sie bestimmt war, und habe sie getrunken. Wir wären Ihnen sehr verbunden, wenn Sie noch ein oder zwei Tassen von Simon-Whitings milder Gabe erübrigen könnten, und als Zeichen unserer Dankbarkeit sind hier ein paar englische Kekse.«

»Ich glaube, wir können noch eine Tasse für die Damen opfern«, sagte Will kurz, »und die Kekse sind nicht nötig.«

Als sie in dieser Nacht auf dem Strohsack lag und zuhörte, wie Mr. Moxley von Ereignissen berichtete, die wie Geschichten klangen, dachte Meribah an Mr. Billings und die Milchkanne. Manchmal war das alles so weit weg wie die Sterne in dem Riß über ihrem Lager.

Als Will später hereinkam, saß Meribah aufrecht da. Die Augen in dem ernsten Gesicht waren schmal. »Ich will es wissen«, sagte Meribah leise und ruhig. »Ihr braucht es nicht beim Namen zu nennen. Ich kenne den Namen – Vergewaltigung.«

»Wenn Ihr wissen wollt, warum sie es getan haben, dann kann ich nicht ... Es ist unmöglich, diese Gemeinheit zu verstehen. Sie sind noch nicht einmal wie brünstige Schweine.«

»Das weiß ich!« rief Meribah.

»So habe ich es nicht gemeint«, sagte Will. »Ich wollte sagen, es hat nichts mit Fortpflanzung zu tun. Es ist kein Lebenstrieb. Es hängt zusammen mit Zerstörung, Macht – zermalmender Macht, mit dem Wunsch zu vernichten.«

»Dann sagt mir eines: Was geschieht jetzt? Warum trinkt Mr. Billings die Milch für Serena und ihre Mutter? Warum spricht Mr. Wickham noch nicht einmal ihren Namen aus? Warum vergeben die Whitings mir, daß ich mit ihr spazierengehe? Warum spricht man von Serena als ›ihr‹ oder ›sie‹ und von Mr. Wickham immer noch als ›Mr. Wickham‹? Warum werden die Timms nie erwähnt, und warum wird Serena, das Opfer, verurteilt? Warum? Warum? Warum?«

»Warum wird eine alte Frau zum Sterben an den Wegrand geworfen? Warum, Meribah? Ich weiß nicht, warum. Ich weiß es einfach nicht.« Will stützte den Kopf auf die Hände, sein Gesicht war verzerrt. »Meribah«, sagte er leise, »es gibt keine Antworten. Es gibt nur Fragen. Wenn Ihr einfache Antworten wollt, dann sucht sie in Holly Springs.«

Sie schwiegen lange. Endlich schaute Meribah auf, doch nicht in die Augen ihres Vaters. »Kann man auf Gott zornig sein?« flüsterte sie.

»Eine gute Frage.«

Im Auge des Wals

Independence Rock tauchte aus dem Land auf wie ein Wal
– bucklig und groß und blau – aus dem stillen Meer. Er
ragte zweihundert Meter über das Sweetwater-Tal, und zu
seinen Füßen floß der Sweetwater, der letzte Fluß östlich
der Rocky Mountains. Jetzt waren sie in den Zehen des Ge-
birges, wie Will es nannte, im Nordwesten.

Der Felsen war mit Namen, Daten und Initialen bedeckt,
die Aussiedler daraufgemalt oder in den Stein geritzt hatten. Mr. Thompson und Mr. Billings schlugen vor, die Namen ihrer Gruppe in der Ostwand zu verewigen, und die
Whitings, die McSwats, die Grays und Dr. Forkert beglei-
teten sie. Meribah und Serena gingen in eine andere Richtung, sie folgten einem Bächlein, das in den Sweetwater
mündete. Zuerst war der Weg sandig, doch allmählich
wurde er steinig. Die ausgewaschenen Hänge und Dämme
hatten tiefe Einschnitte, in denen zwischen gelblichen
Steinschichten ein silbriggrauer Fels zu sehen war.

Meribah ging zwanzig Schritte voraus und achtete nicht
auf den Boden, als Serena plötzlich einen kleinen Schrei
ausstieß und auf die Knie fiel. Meribah fuhr herum, sie
rechnete schon mit dem Angriff einer Klapperschlange,
aber Serena zeichnete mit den Fingern etwas auf einem
Stein nach. Es waren die perfekten Umrisse eines kleinen,
zusammengerollten Tiers. Die winzigen Hufe zeigten nach
hinten, der Kopf war nach oben gewandt.

110

»Was ist das?« flüsterte Serena.

»Mein Pa hat mir einmal etwas Ähnliches gezeigt. Ich glaube, er hat es ein Fossil genannt.«

»Was ist ein Fossil?« Serena berührte den Abdruck der kleinen Rippenknochen.

»Vor Millionen Jahren ist ein Tier gestorben und irgendwie für immer in der Erde aufbewahrt worden. Sein Abdruck hat sich im Stein erhalten.«

»Für immer und ewig?«

»Ich denke schon. Millionen Jahre sind wie eine Ewigkeit.«

»Der kleine Kerl ist seltsam und hübsch«, sagte Serena. »Was meinst du, könnte es sein?«

»Der Größe nach vielleicht ein Hund.«

»Aber es hat Hufe – oder?«

Meriba beugte sich tiefer über den Stein. »Nein, das sind drei Zehen. Welches Tier hat denn drei Zehen?«

»Schau dir den Kopf an. Wie bei einem Kalb.«

»Nein, schmaler. Eher wie ein Reh – vielleicht war es ein Kitz. Meinst du, es hat in dem Moment gerade getrunken?«

»In welchem Moment?« Serena wandte den Blick nicht von der Versteinerung. »Meinst du – als es starb?«

»Ja«, sagte Meribah zögernd. »Weil es den Kopf hebt wie ein Kalb nach dem Euter der Kuh.«

»Ich habe noch nie ein Kalb trinken sehen, aber ich behaupte, dieses Tier hat nicht getrunken. Nein«, sagte Serena, »es hat den Kopf gestreckt, um Luft zu kriegen, es hat mit dem Felsen um den letzten Atemzug gerungen.«

»Wie schrecklich!«

»Ja. Es sieht aus, als wäre es erstickt.« Serena sprach mit sanfter Autorität. »Das Sterben war schrecklich, doch der Tod ist es nicht. Schau nur, wie friedlich es jetzt im Stein schläft. Und wir können uns seine Schönheit immer noch vorstellen. Der schön gebogene Rücken, die Zehen. Ich sehe es fast lebend vor mir. Du auch, Meribah? Auch wenn wir nicht wissen, wie wir es nennen sollen. Im Stein ist es befreit worden.«

Meribah war verwirrt. Serena hatte ganz ohne ihre üblichen Schnörkel gesprochen, aber geheimnisvoll und bestürzend. Wie kann etwas befreit sein, wenn es im Stein erstickt? Wie kann das Sterben schrecklich sein und der Tod nicht? Meribah verstand nicht, wovon Serena redete.

An diesem Abend drehten sich die Gespräche am Lagerfeuer um den Ausflug zum Independence Rock. Mrs. Whiting behauptete, auf dem Felsen seien mehr Buchstaben als in der Zeitung von Springfield, und sie habe Namen aus Illinois erkannt.

»Für unsere Namen war kaum noch Platz. Aber wir haben sie alle untergebracht«, sagte sie triumphierend.

»Bei manchen mußten wir uns auf die Anfangsbuchstaben beschränken«, ergänzte Mrs. Thompson. »Aber Henrietta hat recht, es stehen alle drauf.«

»Ich auch?« fragte Meribah ruhig.

»Natürlich, Kind!« versicherte Henry Whiting.

»Ich auch«, sagte Will.

»Seid Ihr mitgegangen, Pa?«

»Ich habe es mir später angeschaut. Henry hat unsere Namen in den Fels geschlagen.«

Später, im Wagen, fragte Meribah plötzlich: »Steht auch Serenas Name auf dem Fels?«

»Ich weiß nicht genau, Meribah.«

»Und der von Mrs. Billings?«

»Ich . . . ich weiß nicht.«

»Mr. Billings ist dabeigewesen, sein Name muß also dort sein.«

»Das muß er dann wohl«, sagte Will müde.

»Aber an die Namen von Serena und ihrer Mutter könnt Ihr Euch nicht erinnern?«

»Nein. Ich weiß es nicht. Vielleicht standen da nur die Anfangsbuchstaben, und ich habe sie übersehen. Wir sollten jetzt schlafen, Meribah.«

Sie wartete, bis sie überzeugt war, daß er schlief. Dann stand sie leise auf, zog ihr Kleid über das Nachthemd und band sich einen dicken Schal um die Schultern. Als sie draußen war, zog sie die Schuhe an.

Das nächtliche Land lag bleich und kahl im Mondlicht. Jeder Salbeibusch, jeder Stein hob sich deutlich vom nackten Boden ab. Der Rücken des Wals reckte sich in die Nacht. Es war nicht weit, bald stand Meribah an seinem Fuß.

Sie nahm einen spitzen Stein auf und ging zur Ostwand. Ungefähr wußte sie, wo die Gruppe ihre Namen verewigt hatte. Die Buchstaben auf dem Fels waren jetzt dichter, manche waren schwarz oder rot gemalt, andere geritzt oder eingeschlagen.

Dann, direkt im Auge des Wals, las sie in großer, roter Schrift F. WRENTHAM BILLINGS. Rundherum gruppierten sich andere Namen, schön eingeschlagen der von Dr. Forkert, etwas krakelig die der McSwats; die Barkers, die Whitings und die Thompsons waren nur durch die Anfangsbuchstaben vertreten. Doch nirgendwo stand S. B. oder B. B. Meribah fand eine leere Stelle und schlug mit dem Stein in den Fels. Im kalten, silbrigen Mondlicht entstand Punkt für Punkt der obere Bogen eines S. Ihre Hand wurde angenehm gefühllos, sie schlug wie von selbst zu, und Meribah fühlte sich seltsam losgelöst von ihrem Körper: als wäre sie ein Schacht, durch den Licht strömte, und ihre Hand eine Trommel, von Schwingungen bewegt.

Die Stille im Sturm

Zwei Tage nachdem sie Serenas Anfangsbuchstaben in den Fels geschlagen hatte, drangen erregte, murrende Stimmen in den Wagen. Niemand brauchte Meribah zu sagen, was geschehen war. Noch vor ihrem Vater hatte sie sich angezogen und den Wagen verlassen. Captain Griffith unterbrach Mrs. Billings' hysterisches Schluchzen mit der Ankündigung, daß sie sich einen Tag und nicht länger mit der Suche aufhalten würden. Er nannte die Gründe, warum ein längerer Halt wahrscheinlich sinnlos wäre, und Meribah sah, wie Wrentham Billings töricht dazu mit dem Kopf nickte. Einige murrten, manche machten Pläne, dennoch weiterzuziehen, andere sagten, einen Vormittag würden sie für die Suche drangeben. Wieder andere schwiegen.

»Wann ist sie weggegangen?« Meribah stellte sich Captain Griffith in den Weg.

»Wir wissen es nicht genau. Wahrscheinlich kurz nach Mitternacht.«

»In welche Richtung?«

»Wir wissen es nicht, Kind!« sagte Captain Griffith gereizt, als sei ihm gerade klargeworden, daß er mit Meribah und nicht mit ihrem Vater sprach.

»Was haben Sie vor?« rief sie verzweifelt.

Er drehte sich um und ging davon.

Meribah wandte sich den anderen zu. Ihre Gesichter waren wie Masken. In diesem Augenblick wußte sie, daß sie fähig waren zu töten. Unter ihrem scharfen Blick rissen die

Masken und fielen ab, Schicht um Schicht. Zuerst das gespielte Mitleid, dann die Selbstzufriedenheit, schließlich die tödliche Angst.

Die Gruppe hatte ihr Lager beim Bitter Cottonwood Creek aufgeschlagen. Das ausgetrocknete Bachbett lag zwischen tiefem weißem Sand mit gelegentlichen kleinen Hügeln und merkwürdigen, viereckigen Felstürmen.

Will und Meribah glaubten, daß Serena in die zerklüfteten Rattlesnake Mountains im Norden geflohen war. Zwei Suchtrupps, einer mit den Simons und Mr. Thompson, der andere mit Mr. Moxley, Henry Whiting und den McSwats, stiegen in die rauhe, kahle Gebirgskette auf. Mr. Billings blieb zurück, um seine Frau zu trösten. Captain Griffith führte eine andere Gruppe, die zwischen Bitter Cottonwood Creek und Sweetwater ausschwärmte. Meribah hielt das für sinnlos. Hier zogen viele Trecks vorbei, und es gab kaum ein Versteck. Meribah, Will und Mr. Thompson durchsuchten, immer in Ruf- oder Sichtweite, die Höhlen und Spalten, in denen wohl Bären gehaust hatten. Überall gab es Klapperschlangen. Meribah tötete eine, ihr Vater drei und Mr. Thompson zwei. Aber die Schlangen hielten sie nicht davon ab, in jede Bergnische zu schauen und immer wieder den Namen ihrer Freundin zu rufen. Nach vier Stunden gab Mr. Thompson erschöpft auf und sagte, er gehe zu Captain Griffith. Doch Meribah machte weiter ohne ein Wort, und Will blieb in ihrer Nähe und beobachtete aus den Augenwinkeln, wie seine Tochter sich über einen Felsen beugte oder in einer Höhle verschwand.

Gerade vor Sonnenuntergang verlor Meribah einen Absatz an ihrem Stiefel, zugleich riß die Naht. Ohne Schuhe konnte sie die Suche nicht fortsetzen. Sie kehrten um.

In dieser Nacht gab es ein Gewitter. Blitze zerrissen den Himmel und beleuchteten kahle Bäume und glasige Felsen. Die weißen Feldspatadern in den Bergen strahlten auf zwischen Blitz und Donner. Im Wagen kämpfte Meribah mit ihren Träumen. Mit einem Mal war sie hellwach. Im Zentrum des Sturms herrschte plötzlich erstaunliche Stille.

Meribah horchte und hörte nichts. Jetzt wußte sie, daß es zu Ende war; doch immer noch konnte sie Serena sehen. Sie würde sie immer in ihren Tagträumen sehen.

Sie hörte ein Geräusch, als wenn Sand langsam strömte und dann losbräche.

»Ein Erdrutsch«, sagte Will leise. »Nicht hier, im Südwesten vom Bach, bei den Bergen.«

»Was ist ein Erdrutsch?«

»In den ausgetrockneten Bachbetten ist die Erde oft so ausgedörrt, daß sie kein Wasser aufnimmt. Sie rutscht einfach weg.«

»Und reißt alles mit sich?«

»Ja.«

Manchmal sah sie in ihren Tagträumen die Erinnerung, und manchmal etwas, das wirklicher war. Die Szenen kamen mit erstaunlicher Klarheit – die kleinen Abdrücke eines schlafenden Tieres, wie Geheimzeichen in die Erde gedrückt, das Geräusch von Stein auf Stein, das jetzt etwas spöttisch klang. Sie fühlte sogar die Schwingungen in der Hand, die Gefühllosigkeit.

Als sie Barbara Billings fanden, war ihre Hand um den gespaltenen Kopf einer Klapperschlange gekrampft. Nach den Vereinbarungen, die die Grurppe vor Aufbruch des Trecks gemacht hatte, wurden Vermißte nicht länger als achtundvierzig Stunden gesucht. Als Captain Griffith ankündigte, sie müßten aufbrechen, hatte Mrs. Billings nicht widersprochen, sie hatte noch ruhiger gewirkt als zuvor, doch keineswegs resigniert. Am Tag nachdem die Suche abgebrochen worden war, verschwand sie. Ihrem Mann sagte sie etwas von einem kleinen Spaziergang, sie werde rechtzeitig zurück sein, um ihm mit dem Zelt zu helfen. Sie ging nach Osten und dann nach Norden in die Berge, und manche sagten, sie hätten gehört, wie sie flüsterte: »Ich komme, Liebes, *ma chérie*. Mach dir keine Sorgen. Alles wird gut. Mama kommt.«

Für Meribah war der Tod vorstellbar geworden.

1. August 1849
Südpaß, an der Wasserscheide.
Im Norden die Wind River Mountains,
im Süden die Rocky Mountains

Wasserscheide

»Heute, am 1. August . . .«, schrieb Mrs. Barker in ihr Tagebuch und flüsterte dabei die Worte vor sich hin, »überqueren wir den Kamm, auf dem die Wasserscheide verläuft: Auf der einen Seite fließen die Bäche und Flüsse zum Atlantik, auf der anderen finden sie ihren Weg zum Pazifik. Wir haben den Gipfel erreicht, und ich bete zu Gott, daß unser Gespann bis zum Ziel durchhält und wir den Wagen nicht auseinandersägen müssen!«

Drei weiße Steinkuppen markierten die Wasserscheide. Dort standen ein paar Männer mit einer Fahne, gleich sollte eine Zeremonie beginnen. Mrs. Barker strich ihren Rock glatt und verließ den Stein, den sie sich zum Schreiben ausgesucht hatte. Eliza Gray hängte sich bei ihr ein, und die zwei Frauen lachten einander an.

Meribah hinter ihnen spürte, daß sich jemand an ihrer Haube zu schaffen machte.

»Die Feier heute muß dir eine Zeitlang den Gottesdienst ersetzen«, sagte Mrs. Whiting fröhlich, »also laß mich deine Haube geraderücken.«

»Und lächle, dann bist du noch hübscher«, fügte Mrs. Thompson hinzu. »O Henrietta! Ich finde es so aufregend, daß wir endlich hier sind. Man brauchte nur über den Horizont zu greifen, dann könnte man Kalifornien berühren!«

»Ja, endlich sind wir da, und Henry hat den ganzen Morgen seine Rede geübt.«

»Stirling auch, und ich habe gehört, Dr. Forkert will ebenfalls ein paar Worte sagen.«

Auch Mr. Wickham und Mr. Billings wollten das. Meribah machte ein angemessen frommes Gesicht, als Stirling Thompson Gott in seiner grenzenlosen Gnade für ihre bisher gute Reise dankte, »trotz des Verlustes von zwei der unseren« – die aber namenlos blieben. Er betete um Kraft für »Mann, Rad und Ochsen«. Er pries die Herrlichkeit der Berge und Flüsse. Dann wurde die Fahne entrollt, und Henry Whiting war an der Reihe. Mit zitternder Stimme sprach er von diesem »großartigen Land« und »unserer ruhmreichen Ersteigung dieses stolzesten Gipfels!«. Während er redete, bemühte sich Meribah zu lächeln und stolz auszusehen, denn Mrs. Whiting stand jetzt neben ihm und schaute herüber zu ihr, Will und Mr. Moxley.

Dr. Forkert hielt eine Rede, in der er die Wasserscheide mit dem Rückgrat des Menschen verglich. Er wies auf alle anatomischen Parallelen hin und zählte sämtliche Funktionen und wunderbaren Fähigkeiten auf. Meribah hob die Augenbrauen, als wäre sie von jeder Silbe des gelehrten Mannes fasziniert.

Als nächster trat Mr. Wickham vor. Seine blonden Haare wehten wie die Fahne im Wind, als er ankündigte, er wolle den Anwesenden ein Gedicht vortragen, das er vor vielen Jahren im Tal von Chamonix in Frankreich angesichts des überwältigenden Montblanc rezitiert habe. »Bis zu diesem Tag«, sagte er, »hätte ich nie geglaubt, jemals wieder etwas von so unvergleichlicher Erhabenheit zu schauen, das mich aufs neue dazu inspiriert, Percy Bysshe Shelleys unsterbliche Zeilen zu sprechen, die er im Tal von Chamonix schrieb.« Er holte tief Luft und begann:

>*»Das dinglich Universum ewiglich*
>*Strömt durch die Seele in bewegtem Fluß,*
>*Mal dunkel, mal mit Glanz, von Leid getrübt,*

Dann wieder hell, wo aus geheimem Grund
Der Quell des menschlichen Gedankens speist
Die Wasser . . .«

»Er sieht aus, als hörte er die Engel singen«, flüsterte Mr.
Moxley Meribah ins Ohr, und zum ersten Mal seit Wochen lachte sie.

Mr. Billings trat auf Mr. Wickham zu und schüttelte ihm
kräftig die Hand. »Das war eine ergreifende Rezitation. Ich
wünschte nur«, er wandte sich an die Gruppe, »daß bei
meiner Europareise, als ich das unerhörte Glück hatte, den
Montblanc zu sehen, Mr. Wickham dabeigewesen wäre.
Gewiß hätte er meine Freude so unermeßlich gesteigert
wie heute durch seinen hinreißenden Vortrag. Aber das ist
schon lange her, alter Knabe, damals lagen Sie wohl noch
in den Windeln!« Die Gruppe lachte herzhaft über diesen
Scherz. »Doch wenn ich einen Augenblick ernst sein
darf . . .« Meribahs Herz schlug rascher. Sie wartete gespannt. Würde Mr. Billings von seiner Frau und seiner
Tochter sprechen? Würde er sich zu dem Verlust bekennen? »Mr. Wickham«, sagte er, »Sie haben die Zivilisation
in diese Wildnis gebracht. In diese Erhabenheit trugen Sie
Eleganz!«

Kuhdreck! dachte Meribah. Warum erwarte ich immer
mehr?

Mr. Billings sprach von »diesem Kamm, diesem Symbol
des weiten Westens vor uns! Endlich in Reichweite.« Seine
Hand bewegte sich vor dem Himmel wie die einer Tänzerin, während er jubelte über die »glorreiche Krönung unserer Anstrengungen. Dieser Aufstieg! Die Elite der
Menschheit auf dem Gipfel des Kontinents!«

Meribah schaute sich um. Alle Gesichter schienen zu
leuchten angesichts dieser Lobpreisungen ihrer Leistung.
Nur Will und Mr. Moxley bildeten eine Ausnahme. Die
anderen waren offenbar wirklich gerührt von Wrentham
Billings' Worten.

Meribah kam das alles entsetzlich billig vor. Je länger sie

über diese Wasserscheide redeten, um so mehr lobten sie sich selbst. Es war, als hätten diese Leute den Kamm, die Berge mit eigenen Händen geschaffen.

»Ich habe etwas zu sagen.« Mr. Moxleys Stimme klang laut und klar. »Es ist ganz kurz. Ein Gedicht.«

»Aha! Unser Scout ist ein Poet!«

»Nun, ich war mal Lehrer, es ist also nichts Ungewöhnliches, wenn ich gelegentlich etwas lese!« Er machte sich nicht die Mühe, Mr. Billings dabei anzusehen. »Unsere Heimat, unser Land, unsere Anfänge liegen fast tausend Meilen hinter uns, von einem Ozean sind wir hergekommen, und jetzt, wenn wir diesen Kamm überqueren, gehen wir über eine weitere Grenze und nähern uns einem anderen Ozean. Es ist schwer zu sagen, ob dieser Kamm ein Anfang oder ein Ende ist. Doch bevor wir weiterziehen, möchte ich dessen gedenken, was hinter uns liegt. Ich widme dieses Gedicht von John Keats dem Andenken an Serena Billings und ihrer Mutter, die gestorben ist bei dem Versuch, sie zu retten.« Er räusperte sich.

> »Und sie vergaß die Sterne, Mond und Sonn',
> Und sie vergaß die Bläue überm Wald,
> Und sie vergaß die Bäche dort im Tal,
> Und sie vergaß den frischen Wind im Herbst;
> Sie wußte nichts davon, daß Abend ward,
> Und den neuen Mond sah sie nicht.«

Die Tränen brannten Meribah in den Augen, doch sie war erleichtert. Obwohl sich die Dinge nicht ändern ließen, waren einige in Ordnung gebracht worden. Im stillen dankte sie dem aufrechten Mr. Moxley. Jetzt wußte sie, daß sie nicht zurückschauen konnte, also schaute sie nach Westen. Sie hatte keine Wahl mehr.

Auf ihrer Karte zeichnete Meribah die Wasserscheide auf eine Weise ein, die sie selbst kaum verstand. Sie schrieb weder das Wort, noch strichelte sie den Kamm oder die Gebirgskette. Mit ein paar schwachen Linien deutete sie die auseinanderstrebenden Flüsse an. Und dann trug sie die beiden Meere ein. Auf den breiten Rand links schrieb sie PAZIFIK, auf den rechten ATLANTIK. Damit wurde sie ihrer Methode untreu, denn sie hatte keines der Meere je gesehen. Aber das machte ihr nichts aus. Sie hatte eingetragen, woran sie nur glauben konnte.

Verirrt

Henrietta Whiting kochte vor Wut. Es war noch nicht elf Uhr morgens, und schon dreimal hatten sie vergeblich versucht, ins Tal hinunterzukommen. Ein Abstieg war zu steil für die Wagen, die beiden anderen führten in Sackgassen.

»Das ist vielleicht eine Abkürzung! Fünf Tage soll sie uns einsparen, und seit zwei Tagen suchen wir einen Weg ins Tal. Und Henry geht es gar nicht gut. Seit wir auf dieser verflixten Strecke sind, hat er so gut wie nichts bei sich behalten. Noch nie habe ich solchen Durchfall erlebt.«

»Geben Sie ihm nur weiter seine Arznei, und in zwei Tagen ist er wieder hergestellt«, sagte Mrs. Thompson beruhigend. »Und ich wette, bis Sonnenuntergang finden wir einen Weg hinunter. Meinst du nicht auch, Meribah?«

Eigentlich hatte Meribah dazu keine Meinung, aber sie sagte dennoch ja. Captain Griffith hatte beschlossen, die Abkürzung von Greenwood – oder Sublette, wie sie auch genannt wurde – zu benutzen. Der erste Teil der Strecke führte etwa dreißig Meilen durch die Wüste. Jeden Morgen um zwei waren sie schon unterwegs, um die kühlen Stunden auszunutzen. Jeder Ochse bekam einen Liter Wasser, jeder Mensch eine Tasse voll. Zuerst war die Straße eben, doch am dritten Tag stieg sie zu den Vorgebirgen der Wind River Mountains an, wurde schlechter und war manchmal kaum noch zu erkennen. Captain Griffith hatte die Gruppe zu hoch geführt, und es war schwierig, einen Abstieg zu finden. Vom Weg durch die Wüste erschöpft, wurden die Leute in den Bergen ungeduldig und gereizt.

Während anderen die Kräfte schwanden, zeigte Meribah ungewöhnliche Energie. Wenn Henry zu schwach und Mrs. Whiting zu müde von seiner Pflege war, fuhr sie den Wagen der Whitings. Sie flickte Kleider, die seit Fort Childs zerrissen waren, und eines Nachmittags backte sie genug Brot für zwei Wochen.

In der Gruppe wurde über Captain Griffith geschimpft. Jeder Tag, an dem sie herumirrten, verlängerte die Reisezeit. Zuerst wagten die Leute nicht, sich zu beschweren. Doch innerhalb von zwei Tagen wurde ihre Geduld so strapaziert, daß es zu einem wütenden Streit im Lager kam.

»Ich bin dafür, wir holen ihn her und verlangen eine Erklärung!« Mr. Billings war der erste, der zum Protest aufrief. Mr. Thompson unterstützte ihn. »Bei den Soldaten gibt es ein Kriegsgericht. Ein Treck sollte etwas Ähnliches haben.«

»Ich bin ganz Ihrer Meinung!« sagte Dr. Forkert. »Und James und Wickham sicher auch!«

Meribah und ihr Vater saßen im Schatten der Wagen und beobachteten, wie Captain Griffith, der den Wortwechsel gehört hatte, mitten auf den Lagerplatz trat. Sein krankes Auge war zugekniffen, mit dem gesunden schaute er schnell von einem zum anderen. »Will hier jemand etwas diskutieren? Ich bin immer für offene Auseinandersetzungen. Mr. Billings und Mr. Thompson, ich glaube, Sie verwechseln die Begriffe. Was Sie meinen, ist kein Kriegsgericht, es ist Meuterei. Und jetzt möchte ich etwas klarstellen. Ich bin Ihr Anführer. Nach dem Vertrag, den diese Gruppe abgeschlossen hat, können Sie Ihren Anführer mit Zwei-Drittel-Mehrheit entlassen, wenn er gegen die guten Sitten verstößt – durch Trunkenheit, Fluchen, schlechtes Benehmen, ungerechte Strafen. Ich mache Sie auf die Artikel eins bis fünf im Vertrag aufmerksam. Meiner Ansicht nach habe ich nicht dagegen verstoßen. Sie scheinen beunruhigt zu sein, weil . . .«

Captain Griffith sprach überzeugend. Er hatte seinen Zorn unter Kontrolle, nie hob er die Stimme. Sorgsam wählte er seine Worte – gewichtige, eindrucksvolle Worte, die man ihm kaum zugetraut hätte. Er sprach von Schwierigkeiten des Geländes, von den möglichen Gefahren, von seinem Bemühen, einen Abstieg zu finden, der »hundertprozentige Sicherheit für jeden Mann, jede Frau, jedes Kind garantiert«. Sie würden ihn finden, aber nur, wenn sie rastlos suchten. »Wer rastet, rostet. Hier wird keiner in Gefahr kommen. Wir bleiben auf den Beinen!« Obwohl er es todernst meinte, sagte er diesen letzten Satz in scherzendem Ton, und die Leute lachten tatsächlich, wenn auch etwas nervös.

Jeden Nachmittag, wenn sie das Lager aufgeschlagen hatten, war Meribah mit ihren Zeichensachen unterwegs. Doch sie zeichnete jetzt anders, aus einer anderen Perspektive. Sie suchte sich nahe, kleine Motive – eine Salbeipflanze mit silbrigem Staub, eine Radnabe, einen interessanten Stein, einen Fisch, den ihr Vater fürs Abendessen gefangen hatte. Diese genaue Wiedergabe eines nahen Objekts entsprach nicht ihrem eigentlichen Talent, sie ließ ihrer Phantasie keinen Freiraum und ihrer Hand keinen Platz für kühne Linien. Manchmal konzentrierte sie sich so auf die Struktur eines Steins oder eines Holzstücks, daß auf ihrem Blatt überhaupt kein Bild zu sehen war, sondern nur ein rätselhaftes Gewirr aus winzigen Linien oder Punkten. Meribah wußte, daß diese Zeichnungen nicht sehr gut waren. Aber etwas hinderte sie, ihre Hand, ihr Auge daran, in Strichen und Punkten ein Muster, einen Sinn zu erkennen.

Es geschah, als Will ein Rad am Wagen der Thompsons reparierte. Er hatte den Nabenreifen losgeschlagen, da rutschte ihm der Stichel aus und fuhr in seine linke Hand. So etwas passierte Will selten. »Wie dumm!« rief er, als ihm der Stichel ins Fleisch schnitt. Meribah schrie auf, dunkles Blut quoll zwischen Daumen und Zeigefinger hervor. Dr. Forkert sagte, es sei eine »gute« Wunde, damit meinte er eine glatte. Als er sie am Abend versorgte, zeigte er Meribah, wie sie den Verband wechseln und den Schnitt auswaschen sollte. Das war vor zwei Tagen gewesen. Jetzt wickelte sie nach dem Abendessen die Binde ab, und dabei fiel ihr ein, was der Arzt über glatte Wunden gesagt hatte.

»Ein Glück, daß Euch das nicht auf der Wüstenstrecke passiert ist«, sagte sie. »Dann hätten wir kein Wasser gehabt zum Auswaschen.« Sie tauchte ein frisches Tuch in die Schüssel.

»Wahrscheinlich hättet Ihr trotzdem welches gefunden. So viel Energie bei so viel Hitze habe ich noch nie gesehen.«

»Wo kein Wasser ist, kann man auch keins finden, Pa.« Sie redete weiter über den Wassermangel, doch sie dachte an andere Wunden. Sichtbare Wunden waren nicht die schlimmsten. Diese hier war ein ordentlicher Schnitt, er blutete noch, wenn sie leicht dagegen drückte, wie Dr. Forkert es ihr gezeigt hatte. Wunden, die nicht bluteten, machten Angst. »Oh, Pa! Ich glaube, sie fängt schon an zu heilen. Das Fleisch sieht aus wie ungekämmte Wolle, die kleinen Fusselfäden, die abstehen, wachsen zusammen.«

Beim Gedanken an Fusselfäden und Fleisch verzog Will schmerzlich das Gesicht.

»Habe ich Euch weh getan?«

»Wie Ihr redet, Meribah! Verschont meine Hand mit Euren Wollkämmen und Spinnrädern. Als nächstes macht Ihr noch eine Zeichnung davon!« Seine Stimme klang gereizt.

»Gefallen Euch meine Zeichnungen nicht?« Das war keine faire Frage, schließlich gefielen sie ihr selbst nicht, doch sie konnte auch den nächsten Satz nicht zurückhalten: »Seid froh, daß man Eure Wunde sehen und zeichnen kann!«

In diesem Augenblick wußten beide, wovon sie sprach.

Meribah brach in ein heiseres Schluchzen aus. »Sie fehlt mir so, Pa!«

»Natürlich fehlt sie Euch!« Mit seiner gesunden Hand zog Will Meribah an sich, dann legte er die Arme um sie.

»Und Pa – ich bin so zornig.«

»Ich weiß.«

Das Tal von La Fontenelle

Nach sechs Tagen entkamen sie den Bergen. Zuletzt suchten sie sich ihren Weg ins Tal über schmale, krumme Sandsteingrate, und auf der allerletzten Meile wurden die Räder doppelt blockiert, damit die Wagen nicht die Strecke hinunterstürzten, die man »Horns schwierigsten Abstieg« nannte. Doch endlich gaben die schroffen, dunklen Berge sie frei, und sie schauten hinunter ins Tal von La Fontenelle. Das Silberband eines Flusses lief genau durch die Mitte.

»Da ist er – der Nebenfluß vom Green River!« rief Captain Griffith triumphierend. Sie saßen hoch über der Talsohle auf einem bröckelnden Sandsteingrat, gehalten von Zügeln, Bremsen und Gebet, doch Meribah hatte keine Angst. Sie sah hinunter in die grüne Wiege, atmete tief den frischen Wind ein, der übers Tal wehte, und hielt die Luft an, nicht aus Angst, sondern wie ein Vogel im Aufwind. Es war das schönste Tal, das sie je gesehen hatte, mit dem breiten, funkelnden Fluß, dem kräftig grünen Gras und den Weidengruppen an seinen Ufern und den Inseln, die wie Perlen sein Silber schmückten.

In La Fontenelle schlugen sie ihr Lager neben den Lederzelten französischer Händler auf. Hier wimmelte es von weißen Frauen und Männern, Indianerfrauen und Mischlingskindern. Manche Indianerinnen waren zinnoberrot geschminkt, und ein Franzose hatte sich über Nase und Wangen Streifen gemalt.

»Nie im Leben hab ich so etwas gesehen!« rief Henrietta Whiting bei seinem Anblick.

»Der Zirkus in Springfield im letzten Jahr war im Vergleich dazu die reinste Kirche«, sagte Henry.

Meribah saß mit den Whitings und den Thompsons auf dem Boden und sah den Franzosen zu, die Reiterkunststücke zeigten. Sie ritten im Galopp auf ihren glänzenden Ponys heran, hielten an, schwenkten herum, sprangen ab und rückwärts wieder auf und rasten davon, an den Pferdeschwanz geklammert. Es war zum Staunen und zum Lachen. Die Händler schwatzten miteinander in einer Mischung aus Französisch und Snake, einer Indianersprache, und Meribah hätte kaum sagen können, wo das eine aufhörte und das andere anfing. Sie wünschte nur, ihr Vater könnte die Franzosen auf den Ponys sehen, aber er war früh schlafen gegangen, weil seine Hand schmerzte und er leichtes Fieber hatte. Zuvor hatte er einer Indianerin noch eine wunderschöne Hose aus Biberleder für Meribah abgehandelt. Meribah konnte kaum glauben, daß diese schön genähten, weichen Beinkleider ihr gehörten – ihr erstes Kleidungsstück, das nicht Teil der Amische-Tracht war.

Der Handel mit den Aussiedlern war ein gutes Geschäft für die französischen Händler, und selbst Mrs. Whiting, die auf alles im Lager schimpfte, von den »angemalten Franzmännern« bis zu ihren »verrückten Preisen«, lobte die Lederhose. »Die hält dich schön warm unter deinen Rökken, Meribah. Ich würde mir selbst eine kaufen, nur müßten bei meiner Größe alle Biber im Tal dran glauben.«

Darüber lachten alle, und Meribah mußte zugeben, daß Henrietta Whiting bei all ihren unerfreulichen Eigenschaften gelegentlich auch über eine gute Portion Selbstironie verfügte.

Drei Tage lang zogen sie durchs Tal. Es gab Waldhühner und Hasen und Rehe und wilde Truthähne, im Fluß wimmelte es von Lachsen und Forellen, und die Büsche hingen voller Beeren – Himbeeren, Stachelbeeren, Holunderbeeren. Täglich schwamm Meribah im Fluß. Sie fing wieder an zu zeichnen. Sie fing die warmen Farben der Felsen ein, die das Tal umstanden, die Schichten von orangefarbenem und blaumem Stein, das tiefere Violett der Hügel darüber und dann das ferne Blau der Berge. Mr. Moxley überließ ihr sein Pferd, wenn er den Wagen der Simons fuhr, damit Will seine Hand schonen konnte. Meribah war zuvor noch nicht viel geritten, doch bald kam sie mit dem Pferd gut zurecht. In diesem Tal zu reiten war fast so schön, wie ein Vogel zu sein. Sie konnte sich vorstellen, für immer hier zu bleiben.

An ihrem dritten Morgen im Tal warf die Sonne drei lange Streifen über Meribahs Decke. »Oje, ich habe verschlafen!«

»Und wenn.« Will kramte mit seiner gesunden Hand in einem Vorratsfaß. »Es muß ein gesunder Schlaf gewesen sein.«

»O Pa!« sagte Meribah, als wäre ihr gerade etwas eingefallen. »Ich hatte einen herrlichen Traum.«

»Und worum ging's?«

»Ich habe von Samen geträumt.«

Überrascht schaute Will auf. »Das ist komisch. Gerade suche ich Samen, den ich in Holly Springs eingepackt habe.«

»Oh, mein Traum war wunderbar. Ich glaube, ich war so was wie eine Samenprinzessin. Ist das nicht dumm?« Will beugte sich interessiert vor. »Ich habe eine Krone aus Samen getragen, entweder ich oder eine Puppe wie die, die Ihr mir in Holly Springs geschnitzt habt. Es ist alles ganz durcheinander.«

Will betrachtete sie nachdenklich. Nach einer Minute zog er einen kleinen Leinenbeutel hervor und legte ihn auf Meribahs Decke. »Hier sind Eure Samen, Kind. Verliert sie nicht, was auch geschieht. Sie sind wertvoller als Gold und stärker als ein Ochsengespann.«

»Es sind auch Eure Samen, Pa«, sagte Meribah verlegen.

»Da habt Ihr recht. Aber sie sind alles, was ich Euch geben kann und was für die Zukunft Wert hat.«

»Redet nicht so, Pa.«

»Ich denke nur praktisch. Kommt, helft mir, sie in dem baumwollenen Brotsack zu verstauen. Ich möchte nicht, daß sie schimmelig werden.«

Aus dem sanften Tal von La Fontenelle zogen sie in die dunkle, rauhe Schlucht des Bear River, dem sie folgten bis zum Green River, und dann ins Bear River-Tal. Sie kamen an Quellen vorbei, die Soda und Bier genannt wurden, eine hieß Dampfboot, weil ihr Sprudeln an Schiffsgeräusche erinnerte.

Der Kommandeur von Fort Hall, Mr. Grant, war ein alter Bergsteiger aus Kanada. Will, Mr. Moxley und Captain Griffith machten ihm ihre Aufwartung, und Meribah wartete auf sie im Hof der Festung. Da kam eine Frau im weißen Rehledergewand auf sie zu.

»Ich bin Mrs. Grant. Willkommen.«

Ihre Direktheit überraschte Meribah. Die Frau war nicht groß, doch sie hatte etwas Hoheitsvolles. Für eine Indianerin war sie sehr dunkel, Meribah fielen zwei silberweiße Strähnen in ihrem schwarzen Haar auf. Feine Falten zogen sich von ihren Augenwinkeln zu den Schläfen, und um die schlanke Taille trug sie eine fein bestickte Schärpe.

»Ich bin Meribah Simon«, flüsterte Meribah kaum hörbar.

»Komm mit, Meribah Simon. Du siehst durstig aus.« Die Frau berührte Meribah am Ellbogen und machte mit dem schmalen Kopf eine Geste zur Treppe, die zu einem Balkon führte. Meribah folgte ihr.

Drinnen am Kieferntisch schenkte ein junges indianisches Hausmädchen ihr etwas zu trinken ein. »Zitronensaft!« rief Meribah.

»Ja. Schmeckt es dir?«

»Sehr! Woher bekommt Ihr die Zitronen?«

»Wir treiben Handel.« Mrs. Grant lachte leise.

Von Captain Griffith hatte Meribah gehört, daß der Handel mit Indianern und Aussiedlern die Grants reich gemacht hatte. Mr. Grant hatte früher für die Hudson Bay

Company gearbeitet und war als ehrlicher Geschäftsmann bekannt. Das Hausmädchen kam mit einem Teller Kekse zurück und stellte ihn auf den Tisch. Meribah griff zu.

Sonnenlicht fiel durch die schmalen, senkrechten Fensterschlitze. Der schlichte Raum war weiß getüncht und hatte einen Boden aus Kiefernholz. Wenige schwere Möbel standen dort. An den Wänden hingen von Haken und Schnüren farbenfrohe Perlstickereien – ein türkisfarbenes Banner mit einem Strahlenmuster, ein Beutel mit Rosetten in Rot und Orange, ein Paar weiße rehlederne Mokassins mit einem Filigran aus schwarzen Perlen. Meribah empfand in dem schönen, vollkommenen Zimmer keinen Zwang zu reden. Sie brauchte keine Worte, um Mrs. Grant etwas über sich oder ihre Reise mitzuteilen, und Worte würden nicht helfen, Mrs. Grant zu verstehen. Schweigen und Pausen wurden so beredt wie ein Gespräch.

»Ich glaube, Meribah würde gern über Nacht bei uns bleiben, Mr. Simon, und baden und in einem richtigen Bett schlafen«, sagte Mrs. Grant, als ihr Mann mit Will und Mr. Moxley hereinkam.

»Gut«, sagte der Kommandeur. »Aber schau doch bitte mal Mr. Simons Hand an, Liebes. Er hat eine häßliche Wunde, und die Medizin des weißen Mannes erweist sich nicht als unfehlbar.«

»Gern. Kommen Sie mit, Mr. Simon.«

Als sie zurückkehrten, sah Meribah die schöne Indianerin ängstlich an.

»Ich habe die Wunde ausgewaschen. Du hast sie gut versorgt, Meribah, aber sie braucht wirkungsvollere Medikamente. Ich habe eine Salbe draufgetan, und jetzt will ich dir zeigen, was du unterwegs sammeln kannst, damit die Hand deines Vaters heilt und er widerstandsfähig wird. Du mußt lernen, welche Pflanzen und Wurzeln du dafür brauchst.«

Über eine Stunde lang folgten Meribah und Mrs. Grant einem Flußarm des Panak. Meribahs Korb war fast gefüllt mit Rinden, Wurzeln und Blüten, von denen Mrs. Grant sagte, sie würden Wills Hand heilen und gegen andere Krankheiten und Verletzungen helfen. Bei allem, was sie sammelten, erklärte die Indianerin, wie es anzuwenden war, doch Meribah konnte es sich kaum merken. Als sie zurückkamen, war sie erschöpft, und Mrs. Grant wies das Hausmädchen an, ihr ein Bad einzulassen. Danach schlief Meribah zum ersten Mal seit Holly Springs in einem richtigen Bett ein. Will lag im Zimmer nebenan.

Am nächsten Morgen half Mrs. Grant Meribah, die Heilkräuter zu verpacken. Bestimmte Pflanzen wurden in Därme gefüllt, andere in Leinenbeutel, wieder andere in kleine Stofftaschen. Alle hatten so ähnlichen Schutz vor Licht, Luft oder Feuchtigkeit wie an ihrem natürlichen Standort. Meribah schrieb noch kleine Etiketten, doch bald wurde ihr klar, daß die Verpackung selbst den Inhalt am besten deutlich machte.

Fort Hall zu verlassen fiel ihr so schwer wie der Abschied vom Tal von La Fontenelle. Als sie am Morgen ihrer Abreise vor Sonnenaufgang erwachte, lagen auf dem Korb mit Medikamentenbeuteln die weißen Rehledermokassins mit der hübschen schwarzen Perlstickerei.

In den kurzen zwei Tagen waren zwischen der Frau und dem Mädchen ein stilles Einverständnis, eine schweigende gegenseitige Anerkennung entstanden, die auf tiefer menschlicher Empfindsamkeit und Würde beruhten. Und obwohl es Meribah so schwerfiel wegzugehen, spürte sie eine neue Sicherheit und Zuversicht, als sie mit ihrem Vater das Fort verließ.

Von der Straße aus schaute sie noch einmal zurück und sah Mrs. Grant, die sich aus dem schmalen Schlafzimmerfenster beugte. Sie sah die Frau, und die Frau sah sie. Dann war der Wagen ein Punkt geworden und das Fort ein Fleck.

Später am Morgen, als Meribah immer noch im kühlen fahrenden Wagen saß und mit dem Finger über die schwarze Perlstickerei auf den Mokassins fuhr, wußte sie so sicher, wie sie je etwas gewußt hatte, daß im selben Moment Mrs. Grant mit dem Finger über die Zeichnung fuhr, die Meribah ihr vor die Schlafzimmertür gelegt hatte. Sie konnte fast sehen, wie die schmalen braunen Finger dem Umriß der silberweißen Flügel auf dem schwarzen Hintergrund folgten, wie ihre Augen die Pflanzendarstellungen in den Ecken studierten. Die kühne, aber einfache schwarzweiße Zeichnung hatte eine seltsame Macht, Meribah hatte es gleich gespürt, und sie strahlte eine Kraft aus, die mit ihrer eigenen Geschicklichkeit nichts zu tun hatte. Es war, als ob Silberflügel zugleich ruhten und flogen. Meribahs Finger glitt weiter über die Perlen, und sie dachte an Mrs. Grant mit der Zeichnung in der Hand. Trotz der Entfernung waren ihre Herzen durch diese Linien miteinander verbunden.

Am Rande des Großen Beckens

Meribah erwachte mit Eisspitzen im Haar. Fröstelnd
sprang sie vom Strohsack und kroch zum Wagenende.
Alles war weiß bereift – und das im August. Auf den Bergen am Nordrand des Großen Beckens lagen Schneeflek-
ken. Zumindest sollte der Frost den Staub niederhalten,
der den ganzen Tag aus dem Becken aufwirbelte und
ebenso lästig wie heimtückisch war. Fast alle in der Gruppe
hatten Reizhusten. Gesichtsmasken halfen ein wenig, doch
Meribah spürte den ganzen Tag den Staub in ihrer Kehle,
und mit Schrecken hatte sie gestern bei der Mittagsrast die
Blutflecken auf Mr. Whitings Tuch gesehen. Sein Husten
hatte die Lungen angegriffen.

Jetzt hörte Meribah ein neues röchelndes Husten aus
dem Wagen der Whitings. Henrietta sprang vom Wagen
und rannte barfuß über den bereiften Boden.

»Haben Sie es jetzt auch?« fragte Meribah.

Mrs. Whiting schloß bejahend die Augen.

»Gehen Sie zurück in den Wagen. Ich bringe Ihnen etwas.«

»Ja – dieser Schafgarbentee hat gegen Henrys Anfälle
geholfen.«

»Ich komme gleich.« Meribah überlegte, wieviel Schafgarbe sie noch hatte. Ysop war genug da, und Mrs. Grant
hatte gesagt, dieses Kraut helfe bei Erkältungen, doch
Staubhusten war wohl etwas anderes. Ob sie hier Schafgarbe finden konnte? Die Vegetation war dürftig, und die
Indianer im Becken wurden Diggers, Gräber, genannt, weil

sie sich vorwiegend von ausgegrabenen Wurzeln ernährten. Vor ein paar Tagen hatten sie Indianer mit ihren Grabstöcken am oberen Felsrand gesehen.

Der Tee schien zu wirken, die Anfälle, die Henry und Henrietta Whiting geschüttelt hatten, milderten sich zu einem flachen Husten. Um zehn war der Rauhreif geschmolzen, und Meribah schwitzte in ihren Biberhosen, die sie zum ersten Mal trug. Jetzt staubte es wieder, und aus jedem Wagen, auch aus ihrem, hörte sie kratzigen Husten. Ihr Vater war noch schlimmer dran als sie, die jungen Leute litten weniger unter dem Staub. Sie hatte die restliche Schafgarbe aufgebrüht, und die etwa anderthalb Liter Tee im Lederbeutel mußten zwischen ihrem Vater und den Whitings aufgeteilt werden.

Sie fragte sich, wie die Indianer hier überlebten. Sie waren ausgemergelt, doch sie hatte noch keinen husten hören und auch keinen gesehen, der einen Mund- oder Nasenschutz trug. Wahrscheinlich hatten sie sich daran gewöhnt, Staub einzuatmen.

Als sie mittags rasteten, kam Mr. Billings hustend herüber und bat um etwas von dem »magischen Gebräu, das Miss Meribah verteilt hat«.

»Es gibt nicht mehr viel zu verteilen, Mr. Billings, ich habe alle Schafgarbe aufgebraucht, und Mr. und Mrs. Whiting geht es schlechter als Ihnen.«

»Aber wir können etwas erübrigen«, sagte Will schnell.

»Ja, vielleicht eine halbe Tasse.« Meribah ging zu dem Haken, an dem der Teebeutel in der Sonne hing.

»Oh, zu gütig, Meribah.« Ein Hustenanfall schüttelte ihn, und Meribah wartete, bis er vorbei war, dann reichte sie ihm die Tasse. »Sie sind . . .« Er nieste und fing wieder an zu husten. »Sie sind ein Engel! Das habe ich schon immer gesagt, mein Liebes – ein wahrhafter Engel.« Der seltsame Blick in seinen Augen veranlaßte Meribah, sich rasch abzuwenden.

»Ich habe ihm den Tee nicht gern gegeben«, sagte sie, als er zu seinem Wagen ging. »Wir haben zu wenig für . . .«

Will seufzte. »Ihr könnt nicht beurteilen, wer die Schafgarbe bekommen soll und wer nicht. Ihr könnt sie nicht verweigern, wenn Ihr darum gebeten werdet. Sein Husten ist genauso schlimm.«

Langsam erkannte Meribah, daß der Korb mit Heilkräutern und ihre dürftigen Kenntnisse darüber so viele Probleme schaffen könnten, wie sie lösten.

Sie ließen den Staub hinter sich, doch der Husten blieb ihnen auch in dem ungewöhnlichen Tal, das Stadt der Schlösser genannt wurde. Es war zwei Meilen lang und vielleicht eine halbe Meile breit. Massen freistehender Granitblöcke waren im Lauf der Jahrhunderte von Wind und Regen in faszinierende Formen geschliffen worden, die in ein mythisches Felsenreich ragten.

Am nächsten Morgen wollte Meribah Schafgarbentee für ihren Vater holen.

»Der Tee ist weg, Pa!«

»Was soll das heißen? Ist er ausgelaufen?«

»Nein, der ganze Lederbeutel ist vom Haken verschwunden.«

»Wißt Ihr genau, daß Ihr ihn letzte Nacht dort gelassen habt?«

»Ja, ganz genau.«

Sie wußte, daß Präriewölfe Sachen aus dem Lager stahlen – Mr. Moxley hatte so ein Paar Stiefel verloren –, doch es war unwahrscheinlich, daß ein Präriewolf sich für einen Beutel mit Schafgarbentee interessierte und so hoch sprang, noch dazu, ohne daß sie oder ihr Vater davon aufwachten. Nein. Es war unmöglich, und es war beunruhigend.

Sie zogen durch den Zinnenpaß, einen sehr schmalen Ausläufer der Stadt der Schlösser. Auf beiden Seiten waren hohe, schroffe Granitwände, aus deren Spalten Zirbelbüsche wuchsen. Ein hoher Fels rechts zeigte das Ende des Hohlwegs an, gleich dahinter begann ein steiler Abstieg. Plötzlich entstand Unruhe.

»Blockiert die Räder!«

»Halt!«

»Schnell, Meribah, runter. Kümmert Euch um rechts vorn, ich blockiere das linke Hinterrad.«

Meribah schob eine Stange durch die Speichen. Sie waren nicht in unmittelbarer Gefahr, die steilste Strecke war noch ein gutes Stück entfernt. Von vorn wurde durchgesagt, daß der größere Ochse der Barkers gestolpert war und ein Bein gebrochen hatte. Eine Minute später knallte ein Pistolenschuß. Meribah sah vom Fahrersitz aus, wie Mr. McSwat, Johnny McSwat und Mr. Gray den Ochsen zur Seite schleppten. Mrs. Barker saß zusammengesunken neben dem leeren Geschirr.

Eine Viertelmeile weiter zersägten sie den großen Planwagen der Barkers in zwei Hälften. Als das letzte Brett ans Vorderteil genagelt war, wandte Mr. Barker sich an seine Frau. »Also, Suzanne, was machen wir damit?« fragte er und zeigte auf den Haufen Bedarfsartikel am Wegrand.

Mrs. Barker verzerrte die Lippen zu einem bitteren Lächeln. »Eliza Gray!« Ihre Stimme klang plötzlich alt und rauh. »Komm her und such dir was aus!« Doch dabei schaute sie nicht Eliza Gray an, sondern starrte auf Wrentham Billings. »Wähle gut. Hier sind noch ein paar gute Kattunstoffe und ein Faß Roggenmehl.« Sie wandte den Blick nicht von ihrem Opfer.

Mr. Billings drehte den Kopf weg und pfiff vor sich hin. Eliza Gray hob schüchtern ein paar Gegenstände auf. »Mrs. McSwat!« rief Suzanne Barker. »Holen Sie sich etwas für Ihr Baby.« Immer noch sah sie Mr. Billings an, der jetzt zu seinem Wagen ging. »Meribah Simon. Du nimmst dir Mull, daraus kannst du gute Binden für deinen Vater machen.« Mrs. Barker rief einen nach dem anderen auf, sich etwas von ihren Schätzen zu nehmen, die sie bisher so gut gehütet hatte, alle bis auf Wrentham Billings, der in seinem Wagen verschwunden war.

»Was willst du mit dem Rest machen, Suzanne?« fragte Mr. Barker. Es war immer noch ziemlich viel übrig.

»Verbrenn es!« Ihre Blicke bohrten sich in Mr. Billings' Wagen, als wollten sie die Plane versengen.

»Er hätte den Barkers den Ochsen mit der Blesse anbieten können, nicht wahr, Pa?«

»Ja. Aber ich bezweifle, ob der mit dem anderen Ochsen ausgekommen wäre. Trotzdem hätte er es anbieten sollen, aber er wollte nicht.«

Meribah seufzte. »Es ist so traurig, weil der Wagen und die Sachen darin irgendwie alles waren, was sie hatten – jetzt und in der Zukunft, vor allem für Mrs. Barker. An Gold liegt ihr nichts. Sie will in Kalifornien nur einen neuen Laden aufmachen.«

»Nun, endlich habt Ihr ein Geschenk bekommen.«

»Pa!« rief Meribah gereizt. Will hörte ihr überhaupt nicht zu, doch sie merkte, daß ihm heute morgen seine Hand weh tat. »Kommt, laßt mich fahren.« Sie übernahm die Zügel.

Die schwarze Steinwüste

Nach fast zwanzig Reisen zwischen Missouri und Kalifornien hatte Captain Griffith beschlossen, eine nördlichere Route nach Kalifornien zu nehmen. So wollte er dem schlechten Wetter in der Senke des St. Mary-Stroms und den längeren Wüstenstrecken ausweichen. Außerdem hatte er von einer neuen Nordroute in Kalifornien gehört, dem Lassen-Pfad, im vergangenen Jahr von Lassen und Myers entdeckt, der geradewegs zu den Minen und nach Sacramento führte und einen leichteren Übergang über die Sierra Nevada versprach.

Die Gruppe war von dem Routenwechsel begeistert. »Kaum zu glauben«, sagte Mr. Moxley zu Meribah, »daß sie noch vor einem Monat den Captain absetzen wollten. Hören wir uns an, was er zu sagen hat.«

Captain Griffith hatte einen Fuß auf einen Stein gestützt und musterte die Näherkommenden der Gruppe mit seinem gesunden Auge.

»Ich will nicht auf Trödler warten. Wir müssen weiter«, sagte er ungeduldig.

Weiter, weiter! dachte Meribah müde. Sonst denkt er an nichts. Er hat kaum gehalten, um Mrs. Billings zu beerdigen oder nach Serena zu suchen. Auch der Aufenthalt in Fort Hall war seiner Meinung nach zu lang gewesen.

»Meribah! Wo ist dein Vater? Krank?«

»Ja, Captain. Seine Hand plagt ihn, aber ich richte ihm aus, was Sie zu sagen haben.«

»Er soll in einer Stunde zur Weiterfahrt bereit sein. Was ist mit den Whitings? Sind sie auch krank?«

»Ein bißchen.«

»Was soll das heißen, ein bißchen? Kann einer von ihnen fahren?«

»Bestimmt, Captain.«

»Gut! Wir müssen bald los. Vor uns liegt eine harte Strecke. Wir müssen sehen, daß wir nach Sonnenuntergang und in der Nacht so weit wie möglich kommen bei dieser Wüstenfahrt.«

»Haben Sie nicht gesagt, diese Route wäre einfacher?« fragte Mr. Gray.

Captain Griffith schaute ihn finster an. »Die Pässe über die Sierra sind einfacher. Wüsten sind nie einfach – besonders nicht für Dummköpfe. Wir fahren die Nacht durch, und wir fahren schnell. Nach meiner Schätzung haben wir fünfundfünfzig Meilen Wüste vor uns. Drei Tage, wenn wir Glück haben. Das ist der Wendepunkt! Die Wüste beginnt dort hinter der Gabelung. Drei Meilen weit haben wir noch kümmerliches Gras, dann keines mehr – darauf können Sie sich verlassen. Die ersten zehn Meilen sind marmorharte Ebene, die kriegen wir rasch hinter uns. Danach wird es wohl schwieriger.«

Meribah hatte den Eindruck, daß es Captain Griffith Vergnügen machte, die Schwierigkeiten aufzulisten. Wenn sie auf den fünfundfünfzig Meilen nach Boiling Springs gutes Gras, trinkbares Wasser und einen festen, glatten Weg vorfänden, wäre er wohl enttäuscht. Dann hätte er unrecht, und recht zu haben war für ihn fast so wichtig wie unterwegs zu sein.

Ich kann Leute nicht ausstehen, die immer denken, sie haben recht, sagte sich Meribah. Zum ersten Mal seit Monaten dachte sie an ihre selbstzufriedenen Onkel in Holly Springs, die mit den anderen Bischöfen den Kampf gegen ihren Vater geführt hatten. Die Selbstgerechtigkeit des Captains war anders – vielleicht nicht so aufreizend, doch ebenso beunruhigend.

Captain Griffith hatte unrecht. Der marmorharte Boden hörte schon nach vier Meilen auf, die Oberfläche der ausgedörrten Erde wurde kieselähnlich, und dann folgten endlose Meilen Sand. Griffith ließ sie in der sengenden Nachmittagssonne länger fahren, als er geplant hatte, die vorgesehene Fünfundzwanzig-Meilen-Strecke war nicht zu schaffen. Meribahs Durst wurde erschreckend. Ihre Zunge fühlte sich wie ein Fremdkörper an, und sie saugte heftig an einem Penny, damit die Speicheldrüsen weiterarbeiteten.

Als sie schließlich anhielten, wurde nicht wie üblich ein Lager aufgeschlagen. Der Treck blieb einfach in einer krummen Linie stehen. Niemand machte ein Feuer. Sie aßen etwas Kaltes, und die Tiere bekamen mehr Wasser als die Menschen.

Kaum war die Sonne untergegangen, ertönte das Kommando: »Anschirren!«

»Er muß verrückt geworden sein! Wir sind erst seit drei Stunden hier.«

»Er will weiter, solange es kühl ist«, sagte Will mit belegter Stimme.

»Ihr könnt nicht fahren, Pa.« Meribah betrachtete die Hand ihres Vaters, von der sie gerade den Verband abgenommen hatte. Rote Streifen strahlten von der Wunde aus und zogen sich über die ganze Hand. Das Gelenk war leicht geschwollen.

»Ich fahre lieber jetzt als in der Hitze. Ruht Ihr Euch für den Morgen aus.«

Meribah wußte, daß er recht hatte. Aber zum ersten Mal überließ er einem anderen die schwerere Aufgabe und entschied sich für die leichtere.

»Warum treibt Captain Griffith uns so an, Pa? Es ist schlimmer als je zuvor.«

»Ich weiß es nicht, Meribah. Der Mann ist davon besessen, unterwegs zu sein.«

»Sterbende Ochsen, kranke Menschen, kaputte Wagen – nichts hält ihn auf, oder, Pa?«

»Nein, nichts. Vielleicht hat er Angst.«

»Wovor?«

»Ich weiß nicht – das Ende zu erreichen, halten zu müssen. Als wenn ihm das Land ausginge und er es nicht erwarten könnte, umzudrehen und ans andere Ende zu laufen.«

Wieder ertönte das Kommando: »Anschirren!« Meribah und ihr Vater sahen einander an, tiefe, wortlose Gefühle drückten sich in diesem Blick aus. Schweigend verband Meribah ihm die Hand mit frischem Mull. »Pa, Ihr fahrt bis Mitternacht, nicht länger. Dann übernehme ich. Er wird uns schließlich nicht bis zum Mittag hetzen.«

»Man kann nie wissen.«

Meribah schlief nicht. Angespannt lag sie da, döste höchstens einmal ein paar Minuten und wurde dann wieder von einem Quietschen oder Knarren aufgeschreckt. Draußen mußten tote Tiere den Weg säumen, der Gestank war unerträglich. Etwa eine Stunde vor Mitternacht hörte sie vom Fahrersitz plötzlich ein Würgen. Der Wagen hielt. Sie sprang hinaus. Will beugte sich über eine Wagenseite und übergab sich.

»Pa, geht hinein. Trinkt einen Schluck von dem Rindentee.« Sie schob ihn fast in den Wagen.

Dann nahm sie die Zügel und schlug sie den Ochsen auf den Rücken. Sie regten sich nicht. »Verdammt!« Sie griff zur Peitsche, ohne Erfolg. Jetzt bekam sie wirklich Angst. Sie sprang vom Sitz, da sah sie die Wassereimer am Wagen hängen. Damit würde sie die Tiere aus der Wüste locken. Sie hängte sich einen Eimer an jeden Arm. »Kommt, ihr Lieben, kommt!« Josie setzte sich in Bewegung, Leander folgte. »Kommt, gleich gibt's Wasser. Nur noch ein paar Schritte.«

Die Tiere stolperten weiter und ließen sich fast zehn Meilen durch die Wüste führen.

Dann graute der Morgen. Meribah sah es, weil sie fast die ganze Zeit rückwärts ging und die Tiere weiterlockte. Die schwarze Wüstennacht verblich zu Grau, plötzlich gleißte der Horizont, und langsam, furchtbar ging die Sonne auf.

Meribah hörte Carrie McSwat erbärmlich weinen. Sicher würde der Treck um neun anhalten. Die Whitings hatten ihren Wagen schon an den Wegrand gestellt. Mrs. Whiting schaute heraus, ihr Gesicht war fahl. »Er hat wieder Durchfall. Wir müssen hier anhalten.«

»Können Sie nicht wenigstens ein bißchen weiter?« Meribah setzte die Eimer ab, sofort blieben die Ochsen stehen. »Mr. Moxley glaubt, nach nur acht Meilen stoßen wir auf eine gute Quelle.«

»Nur acht Meilen! Meribah, wir würden noch nicht einmal eine schaffen, selbst wenn wir wüßten, daß es dann Wasser gibt.« Mrs. Whiting verschwand im schwarzen Loch des Wagens.

Meribah schwindelte es. Die weiße Hitze des Tages stieg, die Sonne brannte, und die dunkle Öffnung ihres Wagens versprach kühlen Schlaf. Unsicher ging sie darauf zu. Keine Sonne, keine Hitze, kein Staub, nur noch Schwärze . . . Ein schrecklicher Gestank brachte sie zu sich. Sie war in ihrem Wagen, aber wie sie hineingekommen war, wußte sie nicht. Der Wagen stand. Sie mußten weiter. Wenn sie nicht weiterzogen . . . Dieser Gestank! Was war das? Ihr Vater schlief friedlich, doch als sie nach seiner Hand schaute, schrie sie fast auf vor Entsetzen. Der Verband war grün verfleckt, und der ganze Arm war geschwollen. Der Gestank kam vom Eiter. Ihre Gedanken rasten. Wenn sie Kermesbeerenblätter einweichte, Weidenrinde auskratzte und Essig dazutat, könnte die Mischung das Gift aus der Wunde ziehen. Meribah rief sich alles in Erinnerung, was Mrs. Grant sie über Kräuter und Heilmittel gelehrt hatte.

Als sie wieder aus dem Wagen schaute, stand die Sonne hoch am Himmel. Der Treck war verschwunden. Der Wagen der Whitings, etwa fünfzig Meter entfernt, verstärkte noch ihr Gefühl der Einsamkeit. Sie hatte ihrem Vater die Hand verbunden und war jetzt wirklich erschöpft. Jetzt mußte sie ausruhen. Die anderen konnten nicht weit gekommen sein. Nein, sie würde schlafen, ein bißchen Kraft schöpfen und die anderen einholen.

»Meribah! Meribah!« Ihr Vater schüttelte sie.

»Was? Wieviel Uhr ist es?«

»Etwa fünf.«

»O nein!« Ihr Vater sah besser aus, er hatte wieder Farbe im Gesicht. »Zeig mal deine Hand.« Der Arm war noch geschwollen, doch die Streifen waren nicht mehr so rot. Sie roch am Verband.

»Was habt Ihr auf die Wunde getan?« fragte Will.

»Alles. Fühlt Ihr Euch stark genug zu fahren?«

»Ja. Macht Euch keine Sorgen. Ich schaffe jetzt ein ganzes Stück.«

»Gut. Den Whitings geht es nämlich schlecht, und ich muß für sie fahren.«

Himmelsweber

»Mrs. Whiting! Mrs. Whiting!« rief Meribah in den Wagen.

»Ja? Was ist, Liebes?« Mrs. Whitings Stimme klang klar und fest.

»Ich will Ihnen nur sagen, daß ich Ihren Wagen fahren kann, Pa geht es viel besser, und er fährt unseren. Wir sollten jetzt wirklich weiter.«

»Wir fahren nicht weiter!«

»Was soll das heißen?« Meribah war verwirrt.

»Komm her. Ich will es dir erklären.« Sie sprach ungewohnt schroff. »Schnell jetzt! Du und dein Pa, ihr müßt los.«

Meribah stieg langsam in den Wagen. Drinnen war es so ordentlich wie in einer Puppenstube. Saubere Tassen hingen von den Haken, Bettwäsche war schön zusammengelegt, Teller, Töpfe und Schüsseln waren aufeinandergestapelt. Die Nahrungsmittel standen unter den Schlafbänken, der Wüstenstaub war weggefegt. Meribah sah das alles und bemerkte dann an einem Haken den Griff einer Pistole unter einem rasch darübergelegten Tuch. Daneben stand ein Blechbecher voll Wasser.

Henry lag grau und mit eingesunkenen Augen auf seinem Strohsack und sah so fremd aus, daß Meribah den Atem anhielt. Sein Mund war eingefallen, Zähne und Gaumen zeichneten sich unter der gespannten, dünnen Haut ab.

»Ich dachte, ihr wärt schon weg. Dann hättet ihr mir das

hier erspart.« Mrs. Whiting seufzte tief, als müßte sie Kraft schöpfen. »Wir fahren nicht weiter, Henry und ich.«

Henry stöhnte leise. »Wir . . .«, flüsterte er, »haben uns für eine andere Route entschlossen . . . und . . . ihr müßt euch keine Sorgen um uns machen.«

»Wovon reden Sie?« sagte Meribah voll Panik und Zorn zugleich. »Sie fahren nicht weiter! Wissen Sie, was das heißt? Dann sterben Sie hier. Ich bin gekommen, weil ich Ihren Wagen für Sie fahren will.«

»Beruhige dich, Kind. Henry schafft es nicht. Du kannst zwar für uns fahren, aber dein Pa braucht dich auch. Es kann ein Moment kommen, wo du dich für ihn gegen uns entscheiden mußt. Wir haben genug geredet. Nimm dir, was du brauchst.« Sie zeigte auf die Lebensmittel. »Hier ist unser Wasser.« Sie holte einen großen Beutel unter der Schlafbank hervor. »Einen kühlen Schluck für Henry und mich habe ich schon zur Seite getan.«

Meribah schaute auf den Blechbecher und spürte, wie sich ihr Haar im Nacken sträubte.

»Und hör zu, Kind. Behalte dieses Wasser für dich, gib nicht mal deinem Pa davon. Verstehst du, was ich meine?«

»Nein!« sagte Meribah.

»O doch, Meribah Simon. Ich und Henry, wir können hier zusammenbleiben. Und das tun wir auch. Es macht nichts, denn wir sind sowieso eins. Aber du behältst dieses Wasser für dich. Und denk dran, nicht den Gerechten gehört die Welt. Sie gehört den Selbstsüchtigen!« Und Henrietta Whiting drehte Meribah der Wagenöffnung zu, die gerade die sinkende Sonne einrahmte.

Meribah wußte nicht, wie sie ihrem Vater die Sache mit den Whitings erklären sollte. Deshalb log sie. »Pa, sie holen uns bald ein. Es geht ihnen besser, aber ihr Wagen ist völlig verdreckt – Ihr wißt ja, der Durchfall. Wir haben angefangen sauberzumachen, und sie kommen nach, aber wir sollen schon mal vorfahren.«

»Oh«, sagte Will. Meribah hatte das Gefühl, daß er ihr kein Wort glaubte.

Sie waren kaum eine halbe Meile weit gekommen, als rasch hintereinander die ersten beiden Schüsse knallten. Meribah war es, als könnte sie die Ochsen fallen hören. Will hielt an und sah zu Boden. Meribah griff nach seiner Hand. Eine Minute verging, dann kamen zwei weitere Schüsse. Will nahm den Hut ab. Meribah wartete, dann kroch sie in den Wagen und kam mit dem Wasserbeutel der Whitings zurück.

»Pa, möchtet Ihr Wasser?«

»Nein, Meribah. Behaltet es für Euch.« Er schwang die Zügel, und sie fuhren weiter.

Es dunkelte, und die Wüste wurde still und kalt wie ein großes, ruhiges Geheimnis in der Nacht. Die Sterne gingen auf und schrieben ihre Spuren in den Himmel. Vor langer Zeit hatte Will Meribah erklärt, daß sich die Sterne gemeinsam bewegten. Es war, als drehte sich der Himmel um die Erde. Und die Erde war nur ein weiterer Stern, ein kleiner Teil des Alls. Auch wenn es schwerfiel, wollte Meribah gerade heute nacht glauben, daß sie alle Teil dieses großen Ganzen seien – Nachthimmel, Sterne, Luft, Sand, Klapperschlange, Kaktus, Samen, Ochse, Vater, Tochter. Sie stellte sich einen Himmelsweber vor, der ein großes Tuch webte, und Leben und Tod waren nur Fäden darin, Teile des größeren Musters.

Will schaute zum Himmel und sagte leise: »Eine andre Klarheit hat die Sonne, eine andre Klarheit hat der Mond, eine andre Klarheit haben die Sterne; denn ein Stern übertrifft die andern an Klarheit.«

»Wer hat das gesagt?«

»Erster Korinther, Kapitel fünfzehn, Vers einundvierzig.«

»Aber wir sind alle Teil einer Klarheit, nicht wahr?«

»Ich denke schon«, flüsterte er.

Kurz vor Tagesanbruch holten sie die anderen bei den Quellen ein. Meribah überlegte gerade, ob die dünnen Rinnsale, die über die Klippen tropften, wirklich den Namen Quellen verdienten, als Mr. Moxley auf sie zueilte. »Großer Gott, Kind, ich habe mir Sorgen um euch gemacht. Wie geht's deinem Pa?«

»Ganz ordentlich. Aber wir mußten warten. Wir konnten einfach nicht weiter in der Hitze.«

»Ihr seid klüger als mancher andere.« Er schaute zu Captain Griffith hinüber. »Wo sind die Whitings?«

Meribah sah zu Boden. »Sie haben es nicht geschafft. Sie . . . Sie haben beschlossen zurückzubleiben.«

»Ich verstehe, Meribah. Es tut mir leid, daß gerade du die Nachricht bringen mußt. Ich gehe zu deinem Pa.«

Meribah schirrte die Ochsen aus und führte sie zu dem Steinbecken voll kaffeebraunem Wasser.

Mr. Billings sprach sie an. »Ich habe einen Ochsen verloren, Meribah.«

»Das tut mir leid.«

»So? Wo wäre ich jetzt, wenn ich dir und den anderen nachgegeben hätte, die wollten, daß ich den Barkers meinen Ochsen leihe! Und Lucille ist keines natürlichen Todes gestorben.«

»Sie meinen, jemand hat das Tier vergiftet?«

»Ja! Aber woher wissen Sie das?«

»Ich weiß nur, daß Sie das denken. Kommt, Josie, Leander.«

Sie führte das Gespann auf die andere Seite des Beckens, dabei konnte sie Mr. Billings' ängstliche Blicke fast auf ihrem Rücken spüren.

Die nächste Quelle, Rabbit Hole Springs, war siebzehn Meilen entfernt, und kaum eine Stunde nach Ankunft der Simons war der Treck aufbruchbereit. Mr. Moxley bestand darauf, ihren Wagen zu fahren. Meribah sank auf den Strohsack gegenüber ihrem Vater. Seine Hand sah nicht gut aus, sie roch nicht gut, doch Meribah war zu müde, darüber nachzudenken. Sie dachte über gar nichts mehr nach – nicht über Serena, Zuhause, noch nicht mal über Kalifornien –, sie dachte nur noch an Wasser und Staub und die Meilen vor sich.

Die Hitze und der Geruch toter Ochsen weckten sie. Es mußte etwa zehn Uhr morgens sein. »Ich komme, Mr. Moxley!«

»Laß dir Zeit.«

Als sie herauskam, nahm ihr der Gestank fast den Atem. Neben dem Pfad waren zwei Brunnen, in denen aufgetriebene Ochsenkadaver lagen. Und überall verlassene und kaputte Wagen.

Um die Mittagszeit waren sie in Rabbit Hole Springs. Tiere wurden getränkt, Wasserbeutel gefüllt, und Captain Griffith kündigte den Aufbruch zur zweiten Wüstenstrecke für vier Uhr an. Trotz ihrer Erschöpfung mußte Meribah Feuer machen und Brot für die Ochsen und Simon-Whiting backen, weil sie seit Tagen kein Gras mehr bekommen hatten. Um drei hatte sie zehn große Laibe fertig, verfütterte zwei und legte die übrigen acht zum Auskühlen auf den Fahrersitz, bevor sie in den Wagen schlüpfte, um noch ein wenig zu schlafen.

Als sie eine Stunde später aufstand, sagte Will draußen: »Hier liegt so viel Brot, wie soll ich da fahren?«

»Gebt es mir, ich räume es gleich weg.«

Mit der gesunden Hand reichte er ihr einen Laib herein, fünf weitere folgten. »So, jetzt können wir los.«

»Und die anderen?«

»Das sind alle. Da liegen keine mehr.«

Verblüfft fragte sich Meribah, ob sie den Verstand verlor. Sie hatte doch zehn gebacken, oder? Was war mit den anderen geschehen? Plötzlich fiel ihr der Schafgarbentee ein, der in der Stadt der Schlösser verschwunden war. Sie bekam den Gedanken an Brot und Tee nicht mehr aus dem Kopf.

Sie überquerten eine weißgebleichte Ebene mit alkalischen Verkrustungen, und selbst in der dunklen Nacht war hier der Pfad wie ein weißes Band zu sehen, dem sie noch am nächsten Tag folgten. Eine Fata Morgana spiegelte ihnen einen blauen See mit Bäumen und Inseln vor, und sie mußten den Ochsen die Augen verbinden, damit sie nicht auf das Trugbild losstürzten.

Doch bald darauf fanden sie unerwartet eine kleine Wasserstelle mit gutem Wasser. Die Leute tränkten ihre Tiere und füllten jeden nur möglichen Behälter. Meribah stand zufällig neben Mr. Billings, der seinen Ochsen und den der Thompsons an die Quelle führte, als Mrs. Thompson, beladen mit Beuteln und Säcken, dazukam.

»Wo haben Sie diesen Lederbeutel her?« rief Meribah erregt und stürzte sich fast auf die Frau. »Den gefleckten in Ihrer linken Hand?«

»Der gehört Mr. Billings. Ich verstehe nicht, warum du dich so aufregst.«

»Weil es unser Beutel ist. Und wie kommen Sie dazu, Mr. Billings?«

»Das will ich Ihnen sagen, Miss Meribah«, er hob das Kinn. »Allerdings gefällt mir Ihr Ton nicht. Ich – nun, ich habe ihn eines Morgens leer und zerdrückt im Staub bei meinem Wagen gefunden. Und ich habe mehrere Leute gefragt, ob er ihnen gehört – Sie zum Beispiel, Mrs. Thompson, nicht wahr?« Er machte eine äußerst charmante, freundliche Geste, und die törichte Frau nickte so heftig, daß Meribah dachte, gleich werde ihr der Kopf abfallen.

»Ich glaube Ihnen nicht. Mich haben Sie nicht gefragt, und Sie hätten wissen müssen, daß der Beutel mir gehört. Immerhin habe ich Ihnen daraus in der Stadt der Schlösser Tee gegen Ihren Husten gegeben.«

»Wie könnte ich Ihre freundliche Hilfsbereitschaft vergessen haben, Meribah! In Lederhäuten allerdings kenne ich mich nicht genug aus, um einen Beutel vom anderen zu unterscheiden. Doch wenn Sie sich für den rechtmäßigen Eigentümer dieses Beutels halten, dann sollen Sie ihn natürlich haben.«

Sofort streckte Meribah die Hand danach aus. Sie

schaute Mr. Billings gerade in die Augen. »Würden Sie mir auch erklären, was mit den beiden Brotlaiben geschehen ist, die uns fehlen?«

»Ich habe keine Ahnung, wovon Sie reden, Meribah, und ich habe es ganz bestimmt nicht nötig, mir so etwas anzuhören!«

Und Mr. Billings und Mrs. Thompson gingen davon.

Spät am nächsten Tag erreichten sie ein großes Aussiedlerlager bei Boiling Springs und hatten die Wüste hinter sich. In dieser Nacht wurde Simon-Whiting gestohlen, Meribah suchte die Kuh vergeblich. Als sie am nächsten Morgen einen Cañonschacht hinunterfuhren, brach an ihrem Wagen die Hinterachse. Der Wagen rutschte über hundert Meter ab und tötete Josie, ihren stärksten Ochsen.

Ausgesetzt

»Im wohlverstandenen Interesse der Gruppe sehe ich keine Möglichkeit, wie du und dein Vater weiter mitkommen könnt.«

Die Worte prallten von Meribah ab wie Hagel von einem Blechdach. Sie hörte ihren Klang, sie wußte, was sie bedeuteten, doch irgendwie verstand sie nicht, was sie mit ihr zu tun hatten. Sie dachte nur, wenn Mr. Moxley hier wäre, würde das nicht geschehen.

Meribah hörte Captain Griffith mit autoritärer Stimme und mit scheinbarer Logik fortfahren: »Wir haben abgestimmt. Das ist die Meinung der Gruppe. Selbst wenn der Wagen repariert werden könnte, wäre euer zweiter Ochse zu schwach, ihn allein zu ziehen, und da dein Pa so krank ist und liegen muß . . .«

»Wer hat abgestimmt?« fragte Meribah plötzlich.

»Aber Meribah, du warst doch dabei. Du weißt, daß alle sagten, dich würden sie mitnehmen, aber für einen kranken Mann hätten sie keinen Platz.«

»Das stimmt nicht. Sie haben gesagt, sie würden mich und unsere Nahrungsmittel und unseren Ochsen und unsere Ausrüstung mitnehmen, nur nicht meinen Pa.«

»Das ist richtig«, antwortete Captain Griffith.

»Und ich habe gesagt, ich würde die Nahrungsmittel und die Ausrüstung dalassen, damit Platz für meinen Pa ist.«

»Aber was willst du dann essen, Liebes?« fragte Mrs. Thompson.

»Mrs. Thompson hat recht, Meribah«, sagte Captain Griffith. »Du kannst von diesen guten Leuten nicht erwarten, daß sie dir Platz und Essen abtreten. Du hast die Wahl hierzubleiben.«

»Ich habe keine Wahl. Sie haben gewählt. Und Sie wissen es.«

Captain Griffith seufzte tief. »Ich glaube nicht, daß diese Diskussion weiter fruchtbar ist, und schlage deshalb vor, sie zu beenden.« Wie immer, wenn ihm unbehaglich zumute war und er sich als Anführer in Frage gestellt fühlte, benutzte er umständliche Worte.

Die Leute wandten sich ab. Meribah zitterte. Verzweifelt rief sie ihnen nach: »Bevor Sie diese Diskussion beenden, sollten Sie wissen, was Sie tun. Sie lassen meinem Pa und mir keine Wahl. Sie sind keine guten Menschen. Sie sind selbstsüchtig, und Sie bringen uns um. Das ist Mord.«

Doch sie gingen weiter zu ihren Wagen und unterhielten sich dabei leise. »Ach, natürlich!« hörte Meribah Mrs. Barker sagen. »In dem Treck, den wir gerade überholt haben, waren drei oder vier große Wagen mit gesunden Gespannen. Und wir können die Simons in unserem verkürzten Wagen auf keinen Fall unterbringen – und im anderen auch nicht.«

Captain Griffith blieb als einziger. »Hier sind noch ein paar Patronen. Vielleicht kannst du sie brauchen.« Er warf sie Meribah vom Pferd aus vor die Füße.

Meribah schaute zu ihm hinauf. »Ich kann nicht glauben, daß Sie uns das antun. Lassen Sie uns hier wirklich zurück – zum Sterben?« Es war keine Frage. Meribah versuchte sich an eine Tatsache zu gewöhnen.

Captain Griffith kniff das kranke Auge zusammen, gab seinem Pferd die Sporen und ritt davon.

»Captain Griffith«, rief Meribah dem breiten Rücken nach. »Wohin wollen Sie? Wissen Sie das? Das Land wird Ihnen ausgehen – Mörder! Mörder!« Das Wort grollte durch die Stille wie Donner vor einem Gewitter.

Als sie sich umdrehte, stand Mrs. McSwat da.

»Ich will Ihre Entschuldigungen nicht hören«, sagte Meribah.

»Ich habe keine. Ich bin nicht stolz auf diese Entscheidung, weißt du.« Sie sah auf ihre Füße. »Aber ich möchte dir was geben. Hier ist Fleisch und hier Brot und ein bißchen Speck. Es ist alles, was wir haben, und an den Rändern ist er ein bißchen grün, aber das kannst du abschneiden.«

Das war vermutlich die längste Rede, die Mrs. McSwat je gehalten hatte. Sie schob Meribah das Päckchen in die Arme und stapfte davon wie ein riesiger Bär.

Meribah zuckte zusammen, als sie Mr. Billings kommen sah.

»Ich habe einen Vorschlag zu machen, Miss Meribah«, sagte er, als handle es sich um eine Einladung zum Tee. »Eigentlich war es Mr. Wickhams und Mr. Thompsons Idee.«

»Was für eine Idee?«

»Nun, da die Räder Ihres Wagens noch in relativ gutem Zustand sind, während meine auf den letzten Speichen rollen, meinte Mr. Thompson, wir könnten doch relativ einfach Ihre Räder abmachen und an meinen Wagen montieren.«

»Und?« Meribah schöpfte plötzlich Hoffnung.

»Und was? Das ist mein Vorschlag. Nichts weiter.«

Meribah drehte sich um und griff unter den Kutschersitz. Als sie sich Mr. Billings wieder zuwandte, hielt sie das einläufige Gewehr ihres Vaters in der Hand. »Das geht nicht relativ einfach. Das geht relativ schwer. Nur über meine Leiche.«

»Wer bist du?«

Kalter Wind blies von den höheren Bergen der Sierra Nevada herunter und brachte leichten Schnee mit. Meribah spürte die großen nassen Flocken im Gesicht. Sie saß auf einem Baumstumpf und schaute in die Richtung, wo der Treck verschwunden war. Ihr Entsetzen und ihr Zorn waren verflogen. Sie fror, sie hatte Hunger, und sie wußte, daß ihr Vater Tee und ein wenig Nahrung zu sich nehmen mußte. Zuerst ein Feuer. Sie schaute sich um. Brennmaterial gab es genug. Etwa hundert Meter hinter ihrem Wagen war im Wald eine Felsklippe mit einem überhängenden Steindach, die eine kleine Höhle bildete. Hier könnte sie eine Feuerstelle graben, wie sie es im Pawnee-Dorf am Platte gesehen hatte. Die Höhle war zwar niedrig, aber wetter- und windgeschützt. Gut, beschloß Meribah. Das würde vorübergehend ihr Zuhause sein, bis . . . Sie wußte es nicht. Sie würde nur an jetzt denken. Und jetzt hatte sie einiges zu tun.

Bald war die Höhle ausgefegt, eine Grube gegraben und ein Feuer angezündet. Meribah umgab die Feuerstelle mit einem Kranz aus glatten, runden Steinen, die sie am Bach gefunden hatte. Zwei Steine legte sie mitten ins Feuer, die wollte sie später einwickeln und mit ins Bett nehmen. Plötzlich merkte sie, wie durchnäßt und durchfroren sie war. Im Wagen zog sie ihr Wollkleid und die Flanellunterwäsche aus und die Biberlederhose an. Mit einem Messer schnitt sie den nassen Rock vom Oberteil ihres Kleides, das noch lang genug war, damit sie es in die Hose stecken konnte. Mit der frischen weißen Haube und einem Woll-schal war sie nun trocken bis auf die Füße. Ihr Blick fiel auf den leeren Lederbeutel, in dem einmal der Schafgarbentee gewesen war. Warum nicht? Sie brauchte ein zweites Paar Schuhe, keinen Wasserbehälter. Sorgfältig schnitt sie Ovale für die Sohlen aus dem Beutel, dann schmale Strei-fen, mit denen sie die Sohlen an ihren Füßen in trockenen Strümpfen festband. In die Zwischenräume stopfte sie Stroh von ihrem Lager.

Jetzt, wo sie trockene Kleidung und Schuhe hatte, spürte Meribah ihren Heißhunger. Sie nahm ein bißchen von Mrs. McSwats Fleisch und Speck und reicherte damit ihren Bohneneintopf an. Als er fertig war, half sie Will vom Wa-gen in die Höhle, wo sie ihm neben dem Feuer ein Lager gemacht hatte. Jetzt mußte sie vor allem dafür sorgen, daß er etwas zu sich nahm, daß er es warm und trocken hatte und daß keine Tiere sie belästigten. Das Feuer würde sie abhalten, außerdem wollte sie mit dem Gewehr neben sich schlafen.

Als sie sich an diesem Abend endlich hinlegte, war Meri-bah erschöpft, aber in ihrem Kopf kreisten immer noch die Gedanken. In ein paar Stunden mußte sie das Feuer schü-ren. Morgen wollte sie die verlassenen Wagen durchsu-chen und sehen, was sie brauchen konnte. Und dann mußte sie noch Kermesbeerenwurzeln ausgraben und einen Un-terstand für Leander bei der Höhle finden . . .

Wenn Meribah in den nächsten Tagen nicht ihren Vater pflegte oder sich um Feuer und Nahrung kümmerte, ar-beitete sie am Wagen. Sobald es warm genug war, berei-tete sie ihrem Vater hier sein Lager, damit er ihre Arbeit überwachen konnte. Sie mußte aus dem Wagen einen zweirädrigen Karren machen und sägte, bis sie glaubte, die Arme würden ihr abfallen; dann holte sie ihr Zeichen-papier und setzte sich zu ihrem Vater. Gemeinsam be-sprachen sie die Reparatur von Achse und Deichsel und machten Skizzen.

Meribah hörte Will aufmerksam zu. Daß er sie bei der Reparatur des Wagens anleiten konnte, gab Will neue Energie. Er aß mehr und schlief besser, auch wenn seine Hand nicht heilte. Stolz beobachtete er ihre Geschicklichkeit mit Beil und Hobel.

Morgens, mittags und abends sprachen sie über Wagenbau und Schreinerei. Obwohl Meribah einige Fachausdrücke kannte, kam ihr vieles wie Chinesisch vor. Mit einer »Einkaufsliste« schickte Will sie zu den verlassenen Wagen, damit sie Ersatzteile besorgte – Bolzen, Muttern, U-Krampen.

Fünf Tage brauchte Meribah, bis sie den Wagen auseinandergesägt hatte. Eine weitere Arbeitswoche verging mit der Reparatur von Achse und Deichsel. Es war jetzt zwei Wochen her, seit sie hier ausgesetzt worden waren. Fast täglich schneite es leicht, doch unter dem schweren Büffelfellmantel, den Meribah auf dem Pfad gefunden hatte, war es warm. Jetzt war nur noch leichte Schmiedearbeit an den Radkappen aus Metall nötig; sie gehörten an die Enden der Achse, um die sich die Radnaben drehten. Für einen erfahrenen Schmied war das wohl eine einfache Aufgabe, doch für einen Anfänger, der auch noch Zange und Hammer halten mußte, sah sie unlösbar aus. Unter den Büffelmantel gekuschelt, dachte Meribah darüber nach und wartete auf den Schlaf. Will neben ihr schlummerte bereits. Sie hatte ihm nach dem Essen einen Tee aus der betäubenden Ährenpflanze gegeben, weil ihn Arm und Schulter seit Mittag heftig schmerzten.

»Wer bist du?«

War das ein Traum? Sie versuchte, aus dem Schlaf zu tauchen.

»Was machst du hier? Wer bist du?«

Jetzt war sie wach, riß die Augen auf und setzte sich gerade. Das Gesicht! So blaue, lebendige Augen, wie sie sie nur einmal gesehen hatte. Das falkenhagere Gesicht aus dem Laden in St. Jo, zweitausend Meilen östlich. Mr. Goodnough! Verblüfft und schweigend saß Meribah da, die Haube schief auf dem Kopf, den Büffelmantel ans Kinn gezogen.

»Mein Gott!« rief er. »Du bist es. Das Mädchen mit den krummen Linien und Schatten! Das Verschwommene und Ungleichmäßige!«

»Ehrliche Linien!« sagte Meribah. »Der Kartenzeichner. Und der Indianermaler?«

»Ja, aber was machst du hier? Wer ist dieser Mann?«

»Mein Pa. Er ist krank.« Mit weit aufgerissenen Augen starrte Meribah Goodnough an und konnte kaum glauben, was sie sah.

»Aber warum seid ihr hier?«

»Man hat uns aus dem Treck geworfen«, sagte Meribah sachlich. »Unser Wagen ist kaputtgegangen. Ein Ochse ist gestorben.«

»Oh.« Er nickte, das erklärte alles.

»Ich weiß«, sagte Meribah. »Es ist alles sehr seltsam, nicht wahr? Aber es ist schon in Ordnung.«

»Was ist in Ordnung?«

»Ich habe unseren Wagen auseinandergesägt und eine neue Deichsel gemacht und die Achse repariert. Jetzt muß ich nur noch Metallkappen für die Achsenenden schmieden. Sobald die fertig sind, können wir weiter.«

»Du hast das wirklich alles allein gemacht?« fragte Goodnough, als sie ihm dann den Wagen zeigte. »Die Schreinerarbeit auch?«

»Ja, und ich kann Euch sagen, es war das Schwerste, was ich je getan habe. Jetzt muß ich das Feuer zum Schmieden machen, und Pa braucht was zu essen. Seid Ihr hungrig? Ich kann Kaffee kochen, und ich habe Brot gebacken. Wir haben auch noch ein bißchen Dörrobst.«

»O nein. Kaffee reicht völlig«, sagte Goodnough.

Beim Frühstück tauschten Goodnough und Meribah Informationen über den letzten Abschnitt ihrer Reise vom Großen Becken bis hierher aus, den Anfang des Lassen-Pfads. Goodnough war von Meribahs Landkarte fasziniert. Sie enthielt viele Einzelheiten, war aber von ganz eigener

Art und ohne die üblichen kartographischen Symbole. Und sie erzählte sehr direkt von der Reise. »Du hast mehr getan, als Meilen zu messen, Meribah. Das ist – fast ein Tagebuch.«

»Meribahs Zeichnungen solltet Ihr erst sehen!« sagte Will stolz.

»Das würde ich gern. Aber sag, warum hört deine Karte in der Schwarzen Steinwüste auf?«

»Oh, da war ich einfach zu müde und habe aufgegeben. Es war alles so mühsam – Pa krank, und dieser Verrückte, Captain Griffith, hat uns ständig weitergetrieben.«

»In Rabbit Hole Springs hast du aufgehört.«

»Nein, lange vorher. Ich habe es aufgegeben, wo die Whitings aufgegeben haben . . .« – sie hielt inne – »weiter mitzukommen. Ich weiß auch nicht. Wahrscheinlich habe ich mich einfach gefragt, wohin dies alles gehen soll.«

»Ich verstehe«, sagte Goodnough, und sie wußte, daß er es wirklich verstand.

Goodnough war der Leiter einer Tragtierkolonne – Pferde und Maultiere mit ein paar Wagen. Er schlug sofort vor, daß Will und Meribah sich mit ihrem halbierten Wagen und dem Ochsen seiner Gruppe anschließen sollten. Meribah fand das Angebot wenig verlockend. Sie mochte Goodnough, doch der Gedanke an eine Gruppe mißfiel ihr.

Goodnough spürte ihr Zögern. »Schau, Meribah, über zweierlei mußt du dir klar sein: Erstens liegen ein paar sehr schwierige Pässe vor uns; allein bekommst du deinen Vater und den Wagen unmöglich hinunter. Zweitens brauchst du dir über die Gruppe keine Sorgen zu machen. Ich bin der Leiter. Ich halte zu dir und deinem Vater. Darauf kannst du dich verlassen!«

Am Morgen des neunten Oktober zogen Will und Meribah mit George Goodnough und der Gruppe aus Washington weiter. Meribah saß auf dem Fahrersitz, Will im Wagen. Am ersten Tag fuhren sie den Fandango-Paß hinunter und sahen wieder tote Ochsen, kaputte und verlassene Wagen und Menschen zu Fuß, die mit finsterem Gesicht Tiere führten.

Als sie unten angekommen waren, ritt Goodnough heran. »Dein Wagen hat es geschafft, Meribah Simon! Der erste Paß der Sierra liegt hinter dir. Wie geht es deinem Vater? Hat er noch Fieber?«

»Ja. Um diese Tageszeit steigt es.«

»Noch ein paar Meilen, dann schlagen wir über dem Gänsesee unser Lager auf.«

Am Abend betrachtete Meribah die fernen Feuer der Indianer auf einem Bergsims. »Was sind das für Indianer?« fragte sie Goodnough, der an ihrem Feuer eine Pfeife rauchte.

»Sie werden Diggers genannt und leben im Gebiet des Pitt River. Angeblich sind sie feindselig und mordlustig, überfallen Lager und stehlen Tiere.«

»Was meint Ihr mit angeblich?« Meribah wußte nicht genau, warum sie Goodnough mit »Ihr« anredete; sie machte das sonst nur noch bei ihrem Vater. Aber es tat ihr gut, Goodnough so anzusprechen.

»Nun, das sagen die Gerüchte. Ich bin auf dieser Strecke noch keinen feindseligen Indianern begegnet, aber ich habe gesehen, wie die Weißen einander umbringen und bestehlen. Wenn sie so weitermachen, bleibt kein Opfer für die Indianer übrig. Doch ich werde eine Wache aufstellen. Die Leute brauchen das Gefühl, daß es dort draußen etwas zu fürchten gibt.«

Meribah hatte lange nicht mehr daran gedacht, aber Goodnough hatte recht. Die Leute mußten glauben, daß es dort draußen etwas zu fürchten gab, besonders wenn das, was zu fürchten war, in ihnen selbst lag.

Als sie am nächsten Trag den Gänsesee verlassen hatten, sahen sie an einem Baum eine Tafel, auf der für die Aussiedler die Entfernungen zu verschiedenen Wegmarken bis San Francisco aufgeschrieben waren. Doch die Angaben stimmten nicht, der Weg war mindestens 150 Meilen länger, und dieser Fehler kostete die Gruppe Zeit und brachte sie den heftigen Winterstürmen der Sierra näher. Hinter dem Gänsesee wurde das Gelände immer rauher. Ständig mußten sie auf dornigen Graten Hänge hinauf- oder hinunterfahren, und dann waren noch die vielen Bäche und Flüsse zu durchqueren, die von den Bergen nach Westen zum Meer flossen. Es wurde kälter, und die Vorräte nahmen ab.

Doch Meribah beschäftigte sich wieder mit ihrer Landkarte. Trotz des schwierigen Terrains, trotz der Enttäuschung über die falschen Entfernungsangaben, trotz der wachsenden Sorge vor dem kommenden Winter fand sie es sinnvoller denn je, ihre Reise aufzuzeichnen.

»So langsam sieht es aus wie eine Ansammlung schlafender Dinosaurier«, sagte Goodnough, als er die Gipfel in der Ferne betrachtete.

»Hoffentlich wachen sie nicht auf, solange wir in der Nähe sind«, sagte Meribah.

»Die krause Linie mit dem verschmierten Rosa darüber, mit der du das Gestrüpp andeutest, gefällt mir.«

»Oh, Ihr versteht, daß ich damit das immergrüne Gebüsch meine?« Meribah freute sich, daß ihre Symbole so lesbar waren. »Ich habe mir neue Zeichen ausdenken müssen, um zu zeigen, wie das Land hier aussieht und wie es sich anfühlt. Obwohl ich weiß, daß diese Landschaft wirklich ist und daß sie schon lange besteht, kommt es mir manchmal vor, als würde ich sie beim Durchwandern neu erfinden.«

Goodnough sah sie nachdenklich an. »Du bist eine wahre Kartenzeichnerin. Wirklich, du zeichnest mehr, als du glaubst, Meribah.«

Eine Woche später, als Goodnough geplant hatte, fuhren sie an der Ostseite eines langen, steinigen Hangs ins Tal. Schneebedeckte Gipfel hoben sich vom unglaublich blauen Himmel ab, und unten schwammen silbrige Wolken wie

Fische durch enge Täler. Es war atemberaubend. Das ist wunderschön, sagte sich Meribah, doch sie konnte nicht an den Berggipfel denken. Sie spürte nur die nagende Leere in ihrem Magen und bereute, daß sie vor ein paar Wochen den ganzen Speck gegessen hatte.

»Wie fühlst du dich?« fragte Goodnough.

»Hungrig!«

20. Oktober 1849
Am Mount Lassen
im nördlichsten Teil der Sierra Nevada
zwischen den Flüssen Mill und Deer

Zwischen zwei Flüssen

Noch hungriger waren sie eine Woche später auf dem dichtbewaldeten Grat zwischen den Flüssen Mill und Deer. Ein paar Maultiere waren gestorben, und auch Leander, der über zweitausend Meilen ihren Wagen gezogen hatte, war tot. Will ging es schlechter. Goodnough hatte sich am Rücken verletzt, und die anderen in der Gruppe wurden streitsüchtig.

Goodnough hörte ihnen zu, wenn sie von den mordlustigen Indianern am Mill erzählten oder von dem weißen Diebsgesindel im Tal, den sogenannten Schindelmännern, die Holz für Kiefernschindeln schlagen sollten, aber lieber neu angekommene Wagen ausraubten. Am meisten sprachen die Männer in Goodnoughs Gruppe von den Siedlungen, die nur fünfzig Meilen entfernt lagen, getrennt von ihnen durch die schwierigste Wegstrecke, die sie je zurückgelegt hatten.

Am Abend saß Goodnough rauchend in seinem großen Zelt, das er jetzt mit Meribah und Will teilte. »Meribah«, sagte er plötzlich, »ich habe eine Entscheidung getroffen. Ich schicke die Männer allein weiter. Ich trete als Leiter der Gruppe zurück.«

»Was soll das heißen?«

»Dein Pa ist zu krank zum Reisen. Den Weg durch die Schlucht übersteht kein Wagen, und zu Fuß schafft er es auf keinen Fall.«

»Aber Ihr schafft es«, sagte Will mit belegter Stimme. »Ich will davon nichts hören.«

»Lassen Sie mich ausreden. Auch unsere beiden Wagen kommen nicht durch die Schlucht ins Tal. Ich habe vor, sie mit der ganzen Ausrüstung der Gruppe zu beladen und sie hier zu bewachen, bis die Männer unten angekommen sind und uns Hilfe und Nahrung heraufschicken. Ich glaube, Will, wenn wir noch ein Maultier und einen Schlitten hätten, könnten wir Sie hinunterbringen. Die Männer hier werden jeden Tag hitzköpfiger, sie wollen unbedingt zu den Siedlungen. Ich habe sie wohlbehalten bis hierher gebracht, und ich schulde es ihnen, daß sie ihr Ziel erreichen. Ich gebe ihnen auch mein Pferd mit. Dafür müssen sie uns jemand mit Lebensmitteln und einer Transportmöglichkeit heraufschicken. Wenn sie morgen losziehen, kann spätestens zwei Wochen später Hilfe für uns da sein – bevor der große Schneefall kommt.«

Die Gruppe nahm den Vorschlag begeistert an. Niemand war freiwillig bereit, mit Lebensmitteln und Schlitten zurückzukommen, auch nicht gegen gute Bezahlung. Deshalb mußte das Los entscheiden, und es fiel auf Edgar Perkins, der mit Goodnough befreundet und sein Vertreter war. Perkins reagierte jedoch recht vergnügt, und am nächsten Morgen verabschiedete er sich im Zelt von seinem Freund. »Du meine Güte, das ist aber vollgestopft. Was hält eigentlich das Zelt aufrecht? Die Stange oder unser ganzer Ausrüstungskram?«

Meribah regte sich auf ihrem Lager.

»Schläfst du, Meribah?« fragte Goodnough leise.

»Ich versuche es«, antwortete sie unter ihrem Büffelmantel.

»'tschuldigung«, sagte Perkins und fragte dann: »Gehört der der Gruppe?«

»Nein, Meribah«, antwortete Goodnough. »Sie hat den Mantel vor Fandango gefunden.«

»Hübscher Fund. Na, kommst du mit mir hinaus und wünschst mir viel Glück und so, alter Freund?« Die beiden

Männer verließen das Zelt. Wenige Minuten später war Perkins wieder da und blinzelte Meribah zu. »Ich hab mein Bündel vergessen. Schlaf weiter – in einer Woche sehen wir uns wieder.« Er bückte sich, hob sein Bündel auf und ging.

Das Lager wirkte leer ohne die anderen. »Hast du keine Sehnsucht nach der Siedlung, Meribah?« fragte Goodnough.

»Himmel, nein!« sagte sie. »Allerdings – Sehnsucht nach gutem Essen und Matratzen mit Laken drauf hab ich schon.«

»Und nach frischer Milch!« sagte Goodnough.

»Und sauberen Kleidern.«

»Und Büchern.«

»O ja. Und Leuten, die Bücher gelesen haben und in warmen Häusern schlafen und mit Kindern spielen und Geschichten erzählen und von anderem träumen als von Gold und ein Bild malen und ein Gedicht machen!«

»Zivilisation!« sagte Goodnough, und endlich bekam das Wort für Meribah einen Sinn.

In den ersten Tagen nach dem Weggang der Gruppe erzählten Goodnough und Meribah einander viel von vergangenen Zeiten, und einmal, als ein Falke mit ausgebreiteten Schwingen am Himmel flog, beschrieb Meribah bis in alle faszinierenden Einzelheiten die ruhige Anmut der Irokesenfrau in Fort Hall, mit der sie im Wald Pflanzen gesammelt hatte. An diesem Abend holte Goodnough die Blechröhren hervor, in die er seine Zeichnungen und Bilder eingerollt hatte. Seit zehn Jahren dokumentierte George Goodnough die Indianer und ihre Lebensweise, am Anfang in genauen Porträts wie jenem, das Meribah in St. Louis gesehen hatte, dann, vor allem in den letzten beiden Jahren, in Skizzen, die von ihrem täglichen Leben erzählten: Indianerinnen beim Fleischtrocknen, Indianer beim Korbweben, Kinder beim Spiel um die Erdhütten der Pawnee.

»Was geschieht hier?« fragte Meribah beim Anblick einer flüchtig gezeichneten Landschaft, in der Indianer einen Büffel jagten. Über dem Bild lag eine Verzweiflung, die Meribah nicht ganz begreifen konnte. »Es sieht aus, als würden sie gleich verschwinden, und Ihr hättet versucht, sie zu retten.«

»Sie sind verloren. Dagegen kann ich nichts tun, aber ich kann dafür sorgen, daß die Menschen sich an ihre Lebensweise, ihre Schönheit, ihre Zivilisation erinnern, bevor unsere sie zerstört. Ich will dazu beitragen, daß sie nicht verfolgt, vertrieben und – vergessen werden.«

An einem Morgen glitzerte silbriger Rauhreif auf dem Boden. »Die Woche des Feigenbaums«, sagte Goodnough und erklärte: »Mein Vater hatte den einzigen Feigenbaum in unserer Gegend. Seine Mutter hatte ihn aus Italien mitgebracht, und jeden Herbst haben wir ihn eingegraben.«

»Helft mir hoch, Meribah«, sagte Will. »Das möchte ich hören.« Die Geschichte würde ihnen das Frühstück ersetzen.

»Im Winter muß man einen Feigenbaum eingraben – um ihn vor der Kälte zu schützen. Und in der Woche danach war jedesmal Rauhreif. Wenn wir den Baum eingruben, feierten wir ein großes Fest – fast wie eine Beerdigung und einen Geburtstag zugleich. Wir waren traurig, weil er keinen Schatten mehr gab, und zugleich spürten wir das Versprechen des nächsten Sommers.«

»Wie habt Ihr gefeiert?« fragte Meribah.

Goodnoughs Augen wurden noch lebendiger, als er das Eingraben im Winter und das Ausgraben im Frühling beschrieb – die Tänze, die Lieder, die Speisen, den Wein.

»Nie hätte ich Euch für einen Italiener gehalten, auch nicht für einen Viertelitaliener, George«, sagte Will. »Ich werde Euch Goodnoli nennen. Aber sagt – erinnert Ihr Euch an die Lieder oder Tänze? Gibt es da nicht eine Tarantula oder so etwas?«

»Eine Tarantella.« Goodnough lachte. »Vielleicht fallen mir ein paar Schritte ein.« Er summte eine schnelle Melodie, und bald wirbelte er gebückt durchs niedrige Zelt. »Komm, Meribah, tanz mit mir!«

»Los, Ihr könnt es! Tanzt! Tanzt!« drängte Will.

Diesmal zögerte sie nicht. Als Goodnough vorbeitanzte, ließ sie sich in den Wirbel ziehen. Wills fieberglänzende Augen leuchteten warm und friedlich, ein paar strahlende Momente lang waren Hunger, Angst und Schmerz vergessen. Es gab nur noch den Tanz und diese beiden ausgelassenen Wesen, die durchs Zelt flogen. Mit der gesunden Hand fing er Meribahs Haube auf, die ihr vom Kopf segelte. Ihr blondes Haar löste sich aus dem Knoten und flog ihr wie blasse Flammen ums Gesicht.

Der Tag des Eichhörnchens

Am Ende der ersten Woche hatten sie ihr bißchen Fleisch aufgegessen, und die Mahlzeiten bestanden nur noch aus gekochten Knochen und Tee. Goodnough ging auf die Jagd, doch das Winterwild war rar. Sie hörten auf, davon zu reden, wann Perkins zurückkommen könnte, und niemand sagte »falls«. Meribah und Will vermieden das Thema, weil Perkins Goodnoughs guter Freund gewesen war, und es herrschte ein stilles Einverständnis darüber, daß Goodnough als erster von ihm sprechen mußte. Am einundzwanzigsten Tag nach dem Aufbruch der Gruppe war es soweit.

»Sie sind weg«, sagte Goodnough, und seine Augen waren eisblau. »Meine schweren Stiefel. Perkins hat sie an dem Morgen gestohlen, an dem er wegging. Als er hereinkam, um sich zu verabschieden. Ich ging mit ihm hinaus, aber er kam zurück. Weißt du noch, Meribah? Er sagte, er hätte sein Bündel vergessen – und das stimmte. Und da nahm er auch meine Stiefel mit. Sie waren in dem Stapel dort.«

Meribah wußte nicht, wo die Stiefel gewesen waren, aber an jede andere Einzelheit jenes Morgens erinnerte sie sich deutlich. »In einer Woche sehen wir uns wieder«, hatte er gesagt.

Jetzt brauchten sie nicht mehr schweigend zu rätseln. Edgar Perkins hatte sie im Stich gelassen, dem Verhungern preisgegeben.

Wie um ihr Schicksal zu besiegeln, gab es an diesem Abend den ersten Schneesturm.

Die letzten Aussiedler waren vor einer Woche durchgekommen, jetzt regte sich nichts mehr in den Bergen. Es war eine Welt ohne Spuren, weiß und still. Jeder sah, wie die Gesichter der anderen dünner wurden. Leder wurde in Streifen geschnitten, geröstet, abgekratzt und gekocht, bis es zähflüssig war wie Leim. Knochen ohne Mark, bereits gekocht und abgenagt, wurden geröstet und gegessen. Auch Lederriemen wurden gekocht und endlos gekaut. Sie aßen Stearinkerzen, und einmal stießen Meribah und Goodnough einander fast um, als sie sich auf zwei Feldmäuse stürzen wollten, die sich ins Zelt schlichen.

Ein Sonnenstrahl stahl sich durch eine Ritze im Zelt und fiel auf Meribahs Schoß. Sie spielte damit, um sich von ihrem knurrenden Magen abzulenken. Da hörte sie einen Gewehrschuß. Sie sprang auf. »Pa!« flüsterte sie. Dann ertönte ein Freudenschrei. Goodnough schob sich durch die weiße Decke am Zelteingang und wirbelte Schnee auf. Helle Blutstropfen fielen von dem fetten alten Wintereichhörnchen, das er triumphierend hochhielt.

Nach dem Eichhörnchen

Goodnough weigerte sich, das Proviantpäckchen mit Eichhörnchenfleisch mitzunehmen. Sie verabschiedeten sich nicht voneinander. Anderthalb Stunden nachdem er gegangen war, hob Meribah die Zeltklappe, schaute auf die Schneeschuhspuren, die im Wald verschwanden, und wußte, daß sie wieder mit ihrem Vater allein war.

Nach dem Eichhörnchenmahl hatte Goodnough beschlossen, Hilfe zu suchen. Für Meribah gab es eine neue Zeiteinteilung: vor dem Eichhörnchen und nach dem Eichhörnchen. Eine Zeit vor Goodnough und nach Goodnough war undenkbar. Er hatte geglaubt, er könne es schaffen. Es war mit mindestens zwei Tagen klarem Wetter zu rechnen, und in dieser Zeit hoffte er unter die Schneegrenze zu kommen. Das war vor vier Tagen gewesen, fünf Tage nach dem Eichhörnchen.

Sie betrachtete ihren Vater. Am Tag nach dem Eichhörnchen hatte er sich so wohl gefühlt. Aber dann war der Geruch wiedergekommen, der süßliche, stechende Gestank, der sie geweckt hatte. Sein Atem ging in rauhen Stößen. Sie hatte ihm einen dreifach starken, betäubenden Tee gegeben. Vorhin hatte er etwas über Samen und Tanzen geflüstert, doch jetzt schlief er in einer abgeschlossenen, traumlosen Welt.

Meribah versuchte zu überlegen, wie sie sich gegen den bevorstehenden Verlust wappnen sollte. Sie hatten beide so viel miteinander geteilt. Sie hatten ihre Familie verlassen. Sie hatten die Bruchstücke zusammengelesen, die von ihrem eigenen Leben geblieben waren, und sich vorgenommen zu erproben, ob ein neues Ganzes möglich sei. Sie waren über einen Kontinent gezogen, von ihrem geschützten Apriltal zu diesen eingeschneiten Novemberbergen. Sie hatten sich schon von so viel getrennt. Was ihnen noch gehörte, war den Wüsten und Cañons und Bergen abgerungen. Das Land hatte ihren Wagen zerstört, ihren Tieren das Leben ausgesaugt, den Menschen um sie herum die Menschlichkeit genommen.

Sie rückte näher zum Strohsack ihres Vaters, auf dem er verfaulend lag und pfeifend atmete, und schmiegte ihr Gesicht an seine Schulter. Das war ihr Vater, der ihr in der endlosen Prärie die Angst genommen, der sie an den Berghängen gestützt und in der Wüste auf dem Fahrersitz abgelöst hatte. Mit seiner Hilfe war sie auf eine Freundin zugegangen. Jetzt lag er im Sterben. Was vor vier Monaten in den Rattlesnake Mountains für Meribah vorstellbar geworden war, hatte jetzt etwas Vertrautes. Der Tod war ein geduldiger Gast im Zelt.

Es gab keine Abschiedsgesten, keine Schreie oder Klagen. Zwischen Will Simon und dem Tod herrschte offenbar Einverständnis. Er schied ohne Aufhebens. Vor Stunden hatte er über Samen und Tarantella gesprochen, und das waren seine letzten Worte.

»Das Sterben war schrecklich, doch der Tod ist es nicht« – jetzt verstand Meribah Serenas Satz. Sie saß die ganze Nacht neben der Leiche ihres Vaters. Sie hatte seine Hand gewaschen, sie verfaulte nicht mehr, der Geruch war verschwunden, ebenso die Schmerzfalten in seinem Gesicht. Er sah wieder jung aus, und Meribah versuchte ihn sich vorzustellen, wie sie ihn nie gekannt hatte: als kleinen Jungen. Gewiß war er selten ernst gewesen. Sie sah ihn vor sich, wie er ausgelassen auf der kleinen Farm seiner Eltern herumtollte und dann wieder fleißig seine Beete pflegte, wie er Samen in die Erde legte und hoch oben auf der Leiter Bohnenranken ans Spalier band, wie er auf seine Weise die Schöpfung unterstützte.

In ihrem Schmerz empfand sie am Morgen die Sonne als kränkend, die in die Einsamkeit ihres Leids drang und ihr Recht auf Trauer verhöhnte. Wie konnte die Dämmerung es wagen, so frech und strahlend anzubrechen!

Still und schweigend wachte sie noch einen Tag und eine Nacht. Sie aß nichts und weinte nicht. Sie spürte Leere, doch keinen Hunger. Spät in der zweiten Nacht schlief sie endlich ein. Sie träumte von kleinen Knochenabdrücken, die ein schlafendes Tier in die Erde gepreßt hatte. Von Schmerz zerrissen wachte sie auf und erkannte, wie allein sie wirklich war.

Bis zum Morgen baute sie aus Wagenteilen einen Schlitten. Dann zog sie die Leiche ihres Vaters über den Schnee auf der Suche nach einer Grabstelle.

Überleben

Drei Wochen waren seit dem Tod ihres Vaters vergangen. Meribah stapfte zum Zelt und schob alle paar Minuten das halbe Reh zurecht, das sie auf dem Rücken trug. Um es den Aasfressern zu entreißen, hatte sie einem Vogel mit dem Gewehrgriff den Flügel brechen müssen. Schießen kann ich nicht, aber zuschlagen, dachte sie grimmig. Das Gewehr verhakte sich in einer Schneewehe, sie verlor das Gleichgewicht und fiel. Wütend rappelte sie sich auf. Am Ende würde sie sich noch selbst erschießen, das käme den Vögeln gerade recht!

Im Zelt zündete sie das Feuer an, hängte einen Topf mit Schnee und ein paar Fleischstücken darüber und setzte sich davor, um nachzudenken. Wie lange konnte sie von diesem Topf Suppe überleben, wenn sie sich ruhig verhielt und keine Energie verbrauchte? Oder sollte sie die Energie zum Jagen nutzen? Letzte Woche hatte es nicht geschneit, vorübergehend taute es, vielleicht fand sie Wild. Aber könnte sie es auch schießen? Doch das war nicht die eigentliche Frage. Die, der sie mit aller Willenskraft auswich, hieß: Würde Goodnough zurückkommen, jetzt, wo der Schnee schmolz? Das war seine Chance. Meribah gab der Versuchung nach, daran zu denken – da hörte sie draußen ein knirschendes Geräusch, Husten, die Zeltklappe wurde aufgerissen. Sie schrie.

Ein wildes, grinsendes Gesicht mit zahnlosem Mund schaute herein. Ein Schindelmann! Er glitt ins Zelt und sagte nur ein Wort: »Allein? Allein?« Sie gab keine Antwort. Er lachte und murmelte: »Ganz schön hochnäsig für so ein mageres Ding.«

Sie wußte, was jetzt kam. Sie sah das Messer blitzen. War es so bei Serena gewesen? Zorn stieg in ihr hoch, und zugleich konnte sie ganz klar denken. Mit einer ruhigen, fast sanften Bewegung griff sie nach dem Gewehr. Er sprang auf sie zu. Blut spritzte und löschte jeden Gegenstand, jede Empfindung aus. Verzögert hörte sie den Schuß und dann ein Grollen, als würde der Knall aus dem Zelt fliehen. Der Abzug drückte sich noch in ihren Finger. Sie ließ das Gewehr sinken. Vor ihren Füßen lag eine blutige Masse, ein zerfetztes Gesicht, überall auf dem Boden und an den Zeltwänden war Blut. Sie sah zum Kochtopf und sagte leise: »Gott sei Dank habe ich den Deckel draufgetan.«

Sie brauchte nicht lange, um den Schlitten zu beladen. Um den Kochtopf wickelte sie den Büffelmantel. Sie nahm die Blechröhren mit Goodnoughs Bildern und ihre Zeichensachen mit, ihre wenigen Kleider und den Kaffeetopf, ein paar Lederstücke, Mrs. Grants Kräuterkorb, das Werkzeug ihres Vaters, das Gewehr, ein Messer, die Samen und eine Dose Streichhölzer. Dann ging sie mit dem Schlitten davon und schaute nicht zurück. Sie ging den silbrigen Rand der Schlucht entlang, hörte Wolfsgeheul und ging weiter, bis sie im grauen Licht vor der Morgendämmerung eine kleine, nach Süden gerichtete Höhle fand. Dort blieb sie.

Wunder

Die Sonne schien durch das Schneeloch über dem Höhlen-
eingang. Meribah gähnte und rieb sich die Augen. Es
schneite nicht mehr! Zwei Schneestürme nacheinander
hatten die Höhle und sie eine Woche lang von allem abgeschnitten. Mit dem Messer vergrößerte sie das Loch, durch
das auch während der Stürme frische Luft gekommen war.
In der Morgensonne funkelte die Welt wie ein riesiger
Edelstein. An den Tannen glitzerten Millionen Eisnadeln.
Die kalte Luft stach Meribah in die Nase. Nichts wie hinaus! Es gab viel zu tun.

Aber zuerst die Markierung. Meribah nahm einen Obsidiansplitter, den sie bei der Höhle gefunden hatte, und
kratzte einen Strich in den Fels. Vor drei Wochen hatte sie
das blutverspritzte Zelt verlassen und diese Höhle gefunden. Heute mußte nach ihrer Rechnung der erste Januar
sein. Ich bin fünfzehn, dachte sie. Wann würde das richtige
Tauwetter kommen? Und wann der letzte Sturm? Sie
schürte das Feuer. Von der Rehsuppe war noch etwas
übrig. In den wenigen Tagen vor den Schneestürmen hatte
Meribah in einem hohlen Baum einen Korb voll Eicheln
gefunden. Nie hätte sie daran gedacht, Eicheln zu essen,
aber da sie zwischen Wurzeln in einem Korb lagen, hatte
jemand sie wohl als Nahrung gesammelt.

Mrs. Grant hatte ihr gesagt, viele Pflanzen seien roh gif-
tig, könnten aber gegessen werden, wenn man sie langsam
gekocht hatte. Meribah probierte das mit kleinen Mengen
aus. Wenn es schmeckte, aß sie ein wenig mehr davon und

achtete darauf, wie es ihr bekam. Eicheln wurden ihre Leibspeise. Man konnte sie rösten und ganz essen, doch am besten schmeckten sie, wenn man sie dünstete, zu einer Paste zerrieb und mit süßer Birkenrinde aus Mrs. Grants Korb verfeinerte.

Jetzt wollte sie andere Nüsse und Samen suchen. Außerdem fand sie es auch nicht richtig, daß sie etwas aus einem Korb genommen hatte, der jemand anderem gehören mußte. Nüsse zu sammeln war angenehmer, als im Schnee nach Ochsen- oder Maultierkadavern von den Trecks zu suchen. In der Blutnacht, als sie nur mit dem Nötigsten auf dem Schlitten losgezogen war, hatte sie eine ganze Lebensweise hinter sich gelassen. Die alte Art der Ernährung kam ihr jetzt so fragwürdig vor wie die alten Träume. Seit sie Eicheln und gekochte Wurzeln aß, war sie viel weniger hungrig als im Zelt, wo sie sich von Eichhörnchen und Mäusen ernährt hatte.

In einem Eichenwäldchen grub sie unter dem Schnee nach Eicheln, nicht weit davon fand sie Haselnüsse und Roßkastanien. Dann lief sie auf ihren Schneeschuhen zu einem Birkenhain, an den sie sich erinnerte.

Das Gehen im weichen Schnee wurde mühsamer. Auf einem kahlen Hügel nahm sie die Haube ab, die sie sich aus Eichhörnchenfell gemacht hatte. Hier war der Schnee vom Wind weggefegt worden, dafür hatte sich am Gipfelrand Eis gebildet, das unter der Sonne wie ein Vergrößerungsglas wirkte und alles verbrannte, was darunter wuchs. Meribah sah das versengte Gras, und plötzlich fiel ihr etwas Rotes dazwischen auf. »Himbeeren!« rief sie und fiel auf die Knie. Mit dem Messer durchschlug sie das Eis. Himbeeren zum Geburtstag! Sie waren rund und reif, eine Stunde später wären sie verbrannt gewesen. Meribah aß die drei Handvoll auf der Stelle. Mit dem süßen Saft eines Wunders im Mund schaute sie hinüber zu den beschneiten Gipfeln. Über Wunder, fand sie, sollte man nicht zu sehr grübeln. Sie geschahen einfach und machten einen glücklich.

Am nächsten Morgen schien die Sonne in die Höhle, und Meribah, warm und immer noch glücklich, betrachtete ihren reichen Vorrat an Nüssen. Jetzt konnte sie den Korb im hohlen Baum nachfüllen. Gleich nachdem sie gefrühstückt hatte, Eichelbrei mit Piniennüssen, machte sie sich auf den Weg. Der Korb war noch da, und erst jetzt sah Meribah, wie schön geformt, dicht geflochten und verziert er war. Als sie ihre Eicheln hineinlegen wollte, hielt sie den Atem an. Der Korb war gefüllt, und diesmal lagen noch mehr Wurzeln und sogar getrocknete Äpfel darin.

Überall zwischen den Flüssen Mill und Deer gab es Hinweise auf Indianer, und besonders seit sie in der Höhle lebte, hatte Meribah viele davon gesehen – Obsidiansplitter, die beim Werkzeugmachen anfielen, schwere flache Mahlsteine. Mit Goodnough hatte sie über die Indianer dieser Region gesprochen, die sich von anderen unterschieden. Sie waren nicht bemalt und trugen keine Federn, sie wollten nicht auffallen und suchten keinen Kontakt mit den Aussiedlern, sie wollten weder handeln noch kämpfen. Meribah war überrascht, daß sie ein Zeichen erhalten hatte, daß eine Art Verbindung hergestellt worden war. Was hatte das zu bedeuten?

Jeden Tag lag eine neue Kleinigkeit im Korb – eine Wurzel, ein Stück getrocknetes Fleisch oder Forelle, ein paar Nüsse. Meribah suchte weiter ihre eigenen Nahrungsquellen. Sie wollte nicht alles aus dem Korb nehmen oder sich allein auf ihren geheimen Wohltäter verlassen. Der Gedanke, von anderen abhängig zu sein, wurde Meribah immer fremder. Doch sie ging fast täglich zu dem hohlen Baum – allerdings sah sie nie etwas von dem Unbekannten, der den Korb füllte. Die Ernährung war jetzt kein Problem mehr wie noch vor ein paar Wochen.

Es gab jedoch zwei andere Probleme. Das erste war das Feuermachen. Meribah besaß noch fünfzehn Streichhölzer. Sie versuchte, die Glut zu halten, doch das gelang ihr nicht immer. Meribah wußte nicht, wie man ohne ein Streichholz Feuer machte. Sie hatte gehört, daß Indianer

Stöcke aneinanderrieben, bis Funken sprühten, aber das kam ihr vor wie Zauberei.

Das zweite Problem war die Einsamkeit. Je weniger sie darüber nachdenken mußte, ihren Magen zu füllen, ihren Körper zu wärmen und ihre Höhle vor Verfolgern zu schützen, um so klarer erkannte sie, daß Überleben allein nicht genug war. Sie vermißte ihren Vater, und sie vermißte Goodnough. Ihre Gespräche hatten gewärmt wie ein Feuer. Sie sehnte sich danach, einen Gedanken mit jemandem zu teilen, ein Wort, einen Sonnenuntergang, nicht mit einfach irgend jemandem, sondern mit einem Menschen, der ähnlich reagierte wie sie.

Das erste Problem hielt Meribah für lösbar. An einem Morgen Mitte Januar, als ein Nieselregen Wald und Schlucht verschleierte, probierte sie es mit der Indianermethode. Sie rieb zwei trockene Äste aneinander. Nach fünf Minuten hatte sie ein Häufchen Holzsplitter, nach zehn Minuten zwei zerbrochene Stöcke. Was jetzt? Es mußte doch eine Möglichkeit geben, ohne Streichhölzer Feuer zu machen. Sie nahm zwei andere Stöcke und rieb in verändertem Rhythmus. Nach zehn Sekunden brachen die Stöcke. »Verdammt!«

Meribah starrte vor sich hin, als sie plötzlich spürte, daß jemand sie anstarrte. Die junge Frau schien aus den Bäumen gewachsen zu sein, zwischen denen sie stand. Ihre Kupferhaut, ihr Rindenrock, das dunkle Fellcape hoben sich von den Formen und Farben des Waldes nicht ab. Sie kam zur Höhle, und Meribahs Herz klopfte wild. Sie begrüßte dieses menschliche Gesicht, das erste seit zwei Monaten, so freudig wie ein Verhungernder Nahrung.

Die Frau schaute sich in der Höhle um und hob ein flaches Holzstück auf, dann einen geraden Zedernzweig. Sie kniete sich neben die Feuerstelle und winkte Meribah zu sich. Mit einem spitzen Obsidianmesser schnitzte sie eine Vertiefung in das Holzstück und eine Rinne, die bis zur Kante führte. Dann streute sie Tannennadeln und zerkrümelte Rinde in die Kerben, hielt das Holz mit den Füßen am Boden fest, steckte den Zedernzweig in die Vertiefung und drehte ihn mit den Handflächen hin und her. Holzstaub sammelte sich in der Kerbe, wurde braun und fing an zu rauchen. Die Frau drehte den Zweig schneller, der Staub wurde dunkler und sickerte durch die Rinne an die Kante, bis ein winziger Funken aufglühte und über Tannennadeln und Rinden weiterglimmte.

»*Auna!*« rief die Frau, als die erste Flamme aufschoß. Sie deutete auf das Holz. »*Siwini.*«

»*Auna*«, wiederholte Meribah, »Feuer«. »*Siwini* – Holz.«

Die Indianerin nickte aufgeregt und deutete zuerst auf sich, dann auf Meribah. »*Muehli!*«

»Meribah«, antwortete Meribah und zeigte auf sich. Die Frau schüttelte den Kopf. »*Muehli!*« Ihr Finger richtete sich auf die eigene Brust, dann auf Meribah. »*Muehli!*« Plötzlich verstand Meribah. »Frau!« rief sie. »Ja! Du bist eine Frau! Ich bin eine Frau!«

Die Indianerin hatte keine zehn Minuten gebraucht, um das Feuer anzuzünden. Doch Meribah kam es vor, als wäre sie in der letzten halben Stunde in einer Traumwelt gewesen. Seit die Frau aus den Bäumen hervorgetreten war, hatte sich alles verändert. Ein Feuer war entstanden. Neue Worte waren gesprochen worden. Und das Wunderbarste: Sie war nicht mehr allein.

Saltu

Muehli. Das Wort lag glatt wie ein Flußkiesel auf Meribahs
Zunge. Sie flüsterte es vor sich hin, als sie der Frau durch
den Wald nach Wowunupo Mu Tetna folgte. Viermal hatte
die Indianerin ihr das Wort genannt, und Meribah nahm
an, daß es ihr Dorf bezeichnete. Ihren eigenen Namen
hatte die Frau allerdings nicht gesagt, vielleicht war das bei
ihrem Stamm nicht üblich. Meribah dachte an sie als *Muehli* und dann als Meli.

Sie waren etwa hundertfünfzig Meter über dem Fluß auf
einem schmalen Gesims, das von den höchsten Bäumen
umstanden war, die Meribah je in einem Wald gesehen
hatte. Auf dem Boden lag kein Schnee, und Meribah
merkte plötzlich, daß sie in einem Dorf war, das sich vom
Wald so wenig abhob wie Meli von den Bäumen bei der
Höhle. Menschen gingen über schmale, miteinander ver-
bundene Pfade und verschwanden in Häusern, die sie zuerst für Büsche oder Bäume gehalten hatte. Sie folgte Meli
über einen gewundenen Weg an einem größeren A-förmi-
gen Gebäude vorbei, das mit Rinde verkleidet und mit Lor-
beerzweigen gedeckt war. Gleich dahinter stand unter
einer ausladenden Eiche ein kleineres Haus, ganz aus
Treibholz gebaut, über dem eine angesengte Wagenplane
lag. Am häufigsten waren kegelförmige, lehmverputzte
Hütten, in denen wohl einzelne Familien wohnten. Meli
bedeutete Meribah zu warten und verschwand in einem
kleinen Haus, aus dem sie kurz darauf mit einem jungen

Mann und einem etwa dreijährigen Jungen herauskam. Der Mann verbeugte sich nicht, er gab ihr nicht die Hand, er schaute sie noch nicht einmal direkt an, doch Meribah fühlte, daß sie begrüßt wurde. »*Saltu*«, sagte Meli, als sie Meribah ihrem Mann und ihrem Sohn vorstellte.

Drinnen waren ein alter Mann und eine alte Frau, die ein schlafendes Kind auf der Matte neben sich streichelte. Wieder das Wort: »*Saltu*.« Es konnte nur einen Menschen meinen – Meribah. Aber warum? Sie hatte Meli ihren Namen genannt, doch die zog es vor, sie anders zu nennen. Meribah fragte sich, ob Saltu ein Name war oder eine Kategorie von Dingen bezeichnete. Doch Meli sprach das Wort mit ruhiger Anerkennung aus, und Meribah fand es gut, so genannt zu werden.

So wurde Meribah Saltu, und die Frau, die sie gefunden hatte, war Meli. Sie hatten einander Namen gegeben. Meribah stellte bald fest, daß diese Indianer selten Namen benutzten und nie ihren eigenen aussprachen.

Wahrscheinlich, nahm Meribah an, bedeutete Saltu »anders«, vielleicht weiß oder weiße Frau. Aber es war nichts Herabsetzendes damit verbunden. Niemand starrte sie an oder beobachtete sie heimlich. Die Männer und Frauen schauten einander nie direkt an, es sei denn, sie waren miteinander verheiratet.

Sie nahmen Meribah auf. Sie teilten mit ihr den Herd, ihre Rindenhütte, die letzten Wintervorräte in den schön geflochtenen Körben. Wieder einmal kam Meribah plötzlich zur Ruhe. Hier war Friede. Hier war Harmonie. Die kegelförmige Rindenhütte hüllte die Menschen in ihren Holzgeruch, barg sie, aber beengte sie nicht.

In der Mitte der Hütte war eine runde Einsenkung, etwa ein Meter tief und mit einem Durchmesser von drei bis vier Metern, von einem Steinsims umgeben, an dem die schönen Körbe standen. In dieser Grube saß die Familie rund um die Feuerstelle, als Meribah zum ersten Mal in die Hütte kam. Boden und Wände waren mit Binsenmatten bedeckt, an den Wänden hingen weitere Körbe, Fellkleider,

Decken, Werkzeug und Jagdgerät. Ein Pfosten mit Kerben, der als Leiter diente, führte von der Grube durch das Rauchloch in der Decke ins Freie, ein zweiter Eingang war unten.

Ein paar Wochen nach Meribahs Ankunft in Wowunupo Mu Tetna fing es an zu schneien – der letzte Schneesturm des Sierrawinters. Sechs Tage waren sie in der Hütte eingeschlossen, und sechs Tage lang beobachtete Meribah, wie die Familie kochte, Körbe ausbesserte, Seile aus Seidenpflanzenfasern flocht, Köcher und Kleider nähte und aus Feuerstein Pfeile und Speerspitzen schlug. In den langen Nächten erzählten die Indianer Geschichten. Der alte Mann, der stundenlang reglos dasitzen konnte, schilderte mit wenigen Worten und bildhaften Gesten Tierabenteuer. Meribah verstand nur wenige Worte, aber im Zusammenhang mit den Gesten, dem Gesichtsausdruck und dem Erzählton des Alten wurde ihr die Sprache bald verständlicher. Ein Wort, das sie so lernte, war *tetna*, es bedeutete Grizzlybär. Männer sprachen es anders aus als Frauen.

Wenn die Männer ihre Steinspitzen meißelten, wurden die Splitter auf einem kleinen Grastuch aufgefangen. Wenn Meli und ihre Schwiegermutter Eicheln mahlten oder Getreidekuchen backten, erledigten sie ihre Arbeit auf kleinstem Raum mit sehr wenig Gerät und machten fast keine Unordnung. Jedes Werkzeug, auch wenn es nur ganz kurz gebraucht worden war, kam sofort wieder an seinen Platz. Das hatte nicht nur mit Ordnungsliebe zu tun. Meribah kam aus dem ordentlichsten Haushalt, den man sich vorstellen konnte, doch das hier war etwas anderes. Die Ordnung der Indianer stand im Dienst einer Schönheit, die Teil ihres Lebens war.

Meribah hatte ein paar Zeichensachen aus der Höhle mitgebracht. Während des Schneesturms zeichnete sie die Geräte in der Hütte. Sie wählte einen nahen Blickwinkel, doch diesmal kam es ihr weniger auf jede Einzelheit an als auf die Bedeutung des Gegenstandes. Das Bild eines Mahlsteins mit Eicheln darauf ließ das kratzende Geräusch schon ahnen, das gleich zu hören sein würde. Meli und ihre Familie waren von den Zeichnungen entzückt, Meribah hätte ihnen keine größere Ehre antun können, als die Werkzeuge, die sie für ihren Lebensunterhalt brauchten, abzubilden. Porträts wären ebenso undenkbar gewesen wie ausgesprochene Namen.

Endlich war der Schneesturm vorbei. Die Vorratskörbe waren fast leer, und die Menschen, die aus ihren Hütten in das blasse Licht eines Märznachmittags stiegen – *Yana* war Melis Wort für ihre Stammesgenossen –, wirkten abgemagert. Meli sagte Meribah mit Worten und Zeichen, daß der Winter zu Ende sei, daß eine neue Zeit komme. Anmutig bewegte sie die Hände, daß sie aussahen wie Fische im Fluß, und das Licht tanzte in ihren Augen.

Der Schnee schmolz so schnell, als schiene die Sonne die ganze Nacht. Eines Morgens blies der erste Frühlingswind von den Bergen, am nächsten Tag begann der warme Regen. Alles grünte wie durch ein Wunder. Frischer Klee bedeckte die Berge und Wiesen und Felsen, Flüsse und Bäche schwollen vom Tauwasser, aus dem Meer kam der Lachs flußaufwärts. Die Männer fingen Fische mit Speeren und Netzen. Meli und Meribah und die andere Frau sammelten Körbe voll neuem Klee. Rehe tauchten wieder auf, und es gab frisches Fleisch für Eintöpfe und Suppen mit Frühlingskräutern.

Meribah verbrachte nicht die ganze Zeit bei Melis Familie im Dorf. Manche Tage und Nächte blieb sie in der alten Höhle, zeichnete, entwarf neues Werkzeug, war allein – aber nicht einsam. Meli verstand das, die sanfte *Yana*-Frau war nicht beunruhigt durch Meribahs Bedürfnis, zuweilen allein zu sein. Außerdem mochte Meribah die Höhle. In ihr war sie in Zeiten von Hunger und Angst geborgen gewesen.

Der Frühling war im Dorf eine Zeit der Geselligkeit. Danksagungsfeste mit Tänzen und Liedern wurden bis spät in die Nacht gefeiert, die Befreiung von Hunger und

Kälte. Meribah saß mit Melis jüngerem Sohn Yuno im Arm da und wiegte sich im Rhythmus des Gesangs, während sie den Tänzern zuschaute. Sie war *Saltu* – »anders«, »verschieden«. Aber fremd fühlte sie sich nicht. Und obwohl sie keine *Yana* war und nie eine werden konnte, berührten die *Yana*-Rhythmen, ihre Kadenzen, ihre Schönheit sie bis ins Innerste. Sie betrachtete das Kind in ihrem Arm. Sein Gesicht streckte sich ihr wie ein kleiner Kupfermond entgegen. Ein Wiegenlied fiel ihr ein, und sie sang es in ihrem Rhythmus, aber in seltsamer Harmonie mit den stampfenden Takten des Frühlingstanzes.

Leben

Die Gestalten hoben sich so wenig vom Fels ab, daß er sie zuerst gar nicht bemerkte. Er schaute von der anderen Seite des Cañon herüber und nahm eine leichte Bewegung am Felsen wahr. Fasziniert beobachtete er, wie zwei Menschen, ein dunkelhäutiger und ein wesentlich hellerer, sich an Seilen die Cañonwand zum Fluß hinunterließen und dabei einen stummen Tanz vor dem Fels aufführten. Die Hellere – war Meribah! Er wußte es, sobald ihre Füße den Boden berührten. Vielleicht hatte er es geahnt, aber nach dem, was er im Zelt gesehen hatte, wagte er es nicht zu glauben.

Als Goodnough jetzt mit seiner Krücke die Schlucht hinunterschlitterte, klopfte sein Herz so heftig, daß der ganze Körper zu zittern schien. Das Gebüsch war dicht und dornig. Er drückte es mit dem Stock nieder und bahnte sich mit dem Messer einen Weg. Als er endlich am Fluß ankam, war nichts von ihr zu sehen. Er starrte hinüber auf die Stelle, wo sie erst vor Minuten heruntergekommen war, und stützte sich schwer auf die Krücke.

»Goodnough?«

Er fuhr herum und sah sie ungläubig an. Sie trat zwischen den Erlen hervor, als wäre sie gerade aus der Rinde gewachsen mit ihrem Gewand aus Gras und Borke. Ihre Haut war honigfarben, auf der Nase hatte sie dunkle Sommersprossen, und die nassen Haare klebten an ihrem wohlgeformten Kopf. Ein nasses Erlenblatt lag in dem Grübchen an ihrem Schlüsselbein.

In der Höhle erzählte Goodnough, wie es ihm ergangen

war. Halb erfroren war er bei der Davis Ranch angekommen. Er hatte alle Zehen am linken Fuß und zwei am rechten verloren. Sie wollten noch mehr von seinem Fuß amputieren, doch er hatte es nicht zugelassen. »Immerhin habe ich noch alle Finger!« sagte er vergnügt und spreizte die Hände im goldenen Sonnenlicht.

»Und ich habe alle Ihre Bilder!« Meribah stand von ihrem Büffelmantel auf und holte die Rollen.

»Großer Gott, Meribah! Daß du in dieser Nacht im Zelt noch daran gedacht hast!«

»Ich fand es wichtig«, sagte Meribah leise.

Goodnough sah sie lange an. »Du hast nie daran gezweifelt, nicht wahr, daß ich zurückkommen würde?«

»Nein. Ich dachte mir, etwas muß geschehen sein.«

»Na, jedenfalls hast du überlebt!«

»Ja, aber es war mehr als das. Ich habe viel darüber nachgedacht. Es hat mit einer Lebensweise zu tun, nicht nur mit dem Leben.«

»Hat es mit den Indianern zu tun?«

»Ja. Sie heißen Yana und dieser Stamm hier Yahi.«

»Ich will nicht so tun, als würde ich das verstehen, aber ich will auch nicht so tun, als könnte man es erklären.«

Meribah nickte dankbar.

Am dritten Tag nach seiner Ankunft versuchte Goodnough verzweifelt, Meribah zu verstehen. »Was?« fragte er ungläubig.

»Ich gehe nicht mit Ihnen zur Davis Ranch. Weder zur Davis Ranch noch ins Tal.«

Gerade hatte er Meribah gefragt, ob sie seine Instrumente aus dem Zelt mitgebracht hatte, weil er auf ihrer bevorstehenden Reise die Strecke zwischen hier und der Davis Ranch vermessen wollte.

»Was willst du dann tun? Willst du immer hier bei den Yahi bleiben? Das wäre töricht.«

»Es wäre nicht töricht«, sagte Meribah bestimmt. »Aber ich will nicht hier bleiben. Ich – ich gehe an einen Ort . . . Ich kann es nur schwer erklären, Goodnough!«

»Versuch es wenigstens!« Goodnough war außer sich.

Meribah holte tief Luft. »Ich will an einen Ort, an dem ich schon einmal war und von dem ich weiß, daß er meine Heimat ist. Das Tal von La Fontenelle. Dort kann ich Land bestellen, ich kann etwas in die Erde legen und dafür sorgen, daß es wächst.«

»Dein Ort«, sagte Goodnough enttäuscht.

»Nein! Überhaupt nicht mein Ort. Nur ein Ort, wo ich sein kann.«

Er schaute auf seinen Fuß.

Meribah seufzte. »Sie können nicht weit gehen, nicht wahr? Tut es immer weh?«

»Ja, es tut weh, aber das ist nicht der Grund, warum ich nicht mit dir gehen kann.« Er sah sie ruhig und offen an. *Jetzt* kann ich nicht mit dir gehen.«

»Und jetzt muß ich gehen.«

»Ich weiß.«

Sie schwiegen. Die Spannung der letzten Tage schwand. Goodnough und Meribah verstanden einander endlich.

»Aber kannst du überleben?« fragte Goodnough.

Meribah lächelte. »Mehr als das. Ich kann leben!«

Ein anderes Tal

Er stand auf einem kahlen Bergkamm und sah ihr nach, wie sie den östlichen Hang hinunterging. Sie bewegte sich mit Anmut und Kraft, voll Vertrauen auf ihren Körper. Melis Familie hatte sich von ihr am Cañon verabschiedet, doch Goodnough war bis zu diesem letzten Kamm mitgehinkt. Er kniete nieder, holte ein Fernrohr aus seinem Instrumentenbeutel und richtete es auf die entschwindende Gestalt. Als er sie nicht länger im Fadenkreuz halten konnte, legte er das Fernrohr weg und berührte die beiden Papiere, die sicher in seiner Tasche verwahrt waren. Das eine enthielt die Kompaßangaben für eine Senke im Tal von La Fontenelle, das andere war ein versiegelter Brief an Constance Simon, Holly Springs, Pennsylvania.

Goodnough schaute in die Richtung, in der Meribah verschwand. Jetzt konnte er sie kaum mehr sehen. Er legte das Fernrohr zurück und berührte dabei den Kompaß und die Zirkel. Seine Instrumente fühlten sich plötzlich schwer an. Zehn Jahre lang hatte er für die Regierung Karten gezeichnet und das Land, die Berge, die Flüsse auf das Vorstellbare, Meßbare verkleinert. Er war Kartograph – einer der besten, hieß es. Dafür war er ausgebildet worden. Er wußte, wie er seinen Weg durch ein Land, rund um den Erdball zu vermessen hatte, und dennoch hatte er in diesen letzten Wochen mit Meribah an allem gezweifelt. Als er ihr erklärte, wie man den Kompaß benutzte und verschiedene Berechnungen anstellte, kam er sich klug vor, aber nicht weise. Er wußte manches, doch sie wußte etwas anderes.

Als Kartograph kannte er das Land, doch sie kannte die Natur. Er zog Grenzen. Sie nicht. Er vermaß. Sie erfand.

Auf diesem versengten Hügel erkannte Goodnough, daß Meribah Simon nicht nur das Land gezeichnet hatte, sondern sich selbst. Er fuhr mit der Hand über die trockenen Grasstoppeln. Es gab einige kahle Stellen, wo nie Gras wachsen würde, und direkt darunter ein paar versengte Beerenranken. Er starrte sie an und dachte über dieses Paradox der Natur nach. Dann fiel ihm ein anderes ein – die Instrumente in seinem Beutel. Bei der Entfernung, die er jetzt zu vermessen hatte, würden sie ihm nicht viel helfen. Er stand auf und machte sich auf den Weg ins andere Tal, das sicherer war.

Nachwort

Wenige Monate nachdem Meribah Simon das Vorgebirge des Mount Lassen verlassen hatte, begannen die ersten Überfälle auf die Yana. Bis 1865 hatten die weißen Siedler im Tal alle Yana bis auf den kleinen Stamm der Yahi ausgerottet. Im August 1865 eröffnete Robert A. Anderson das Feuer auf ein Yahi-Dorf. Einige Yahi, die zu fliehen versuchten, erschoß sein Freund Hiram Good. Vier Männer – J. J. Bogart, Jim Baker, Scott Williams und Norman Kingsley – waren für das endgültige Massaker an den Yahi bei der Kingsley-Höhle verantwortlich. In den blutigen Jahren zwischen 1850 und 1872 wurden nur zwanzig Morde an Weißen durch Indianern registriert, das heißt, auf dreißig bis fünfzig tote Indianer kam ein toter Weißer. Bis zum Beginn des 20. Jahrhunderts hatte nur ein Yahi überlebt – ein Mann namens Ishi. Theodora Kroeber schrieb über ihn eine Biographie mit dem Titel »Ishi: The Last of His Tribe«, auf der viele Einzelheiten über Meribahs Aufenthalt bei den Yahi beruhen.

Christine Nöstlinger

Gretchen Sackmeier

Eine Familiengeschichte

Gretchen Sackmeier war vierzehn Jahre alt, einen Meter sechzig groß und wog vierundsechzig Kilo und dreihundert Gramm. Ob sie dick war, läßt sich schwer sagen, denn dick sein ist, wie vieles andere im Leben auch, eine ziemlich relative Angelegenheit. Entscheidend ist, wie Gretchen Sackmeier sich selbst fühlte, und Gretchen kam sich, besonders im Turnsaal zwischen der stangendünnen Evelyn und der zaundürren Sabine, unheimlich fett vor, fetter als ein Kübel voll Gänseschmalz. Richtig wohl fühlte sie sich eigentlich nur zu Hause, bei Mama, Papa, Hänschen und Mädi. Die waren noch dicker als Gretchen.

Aber Übergewicht hin, Übergewicht her: Die Sackmeiers führten ein ausgesprochen friedliches Familienleben – bis zu Mamas Klassentreffen jedenfalls. Und da fängt die Geschichte erst richtig an …

Verlag Friedrich Oetinger Hamburg